驰阅万里芳华

赖维斌 ◎ 著

剪影锦绣风景，抒怀往事云烟

中国文联出版社

图书在版编目（ＣＩＰ）数据

驰阅万里芳华 / 赖维斌著 .—北京：中国文联出版社，
2023.1

ISBN 978-7-5190-4995-9

Ⅰ . ①驰… Ⅱ . ①赖… Ⅲ . ①散文集－中国－当代
Ⅳ . ① I267

中国版本图书馆 CIP 数据核字（2022）第 245540 号

作　　者　赖维斌
责任编辑　李　民　周　欣
责任校对　吉雅欣
装帧设计　有　森

出版发行　中国文联出版社有限公司
社　　址　北京市朝阳区农展馆南里 10 号　　邮编　100125
电　　话　010-85923025（发行部）010-85923091（总编室）
经　　销　全国新华书店等
印　　刷　三河市龙大印装有限公司

开　　本　880 毫米 ×1230 毫米　1/32
印　　张　8
字　　数　170 千字
版　　次　2023 年 1 月第 1 版第 1 次印刷
定　　价　88.00 元

文学在我心中碧波万顷，我愿是一叶白帆乘风破浪。

CONTENTS

目　录

第一篇　　天涯游踪

第一篇　天涯游踪

麓上桃花源 陶潜族人地
——圣灯村陶家故园游记

　　2017 年春节期间，笔者赴重庆铜梁陶家故园游，心潮随山峦起伏。一年后，重发该园图片，思绪在竹树间纷飞。

中铁五局职工陶茂祥故居原址

　　小林镇圣灯村山麓上开辟出这一大片平地，是陶家祖先眼光独到、勤奋劳作的成果。陶家人据说先祖随"湖广填四川"移民至此，在这块向阳山坡垦田建宅。

　　虽然如今人去房拆，代之以蔬菜成片，但它仍是一个宽阔、祥和的园地，周围林木繁茂、竹丛簇拥、草色泛青、群芳吐艳，给人鸟鸣山幽、世外桃源之感。这里，一代一代陶家人曾悠悠地过着日子，日出而作，日落而息，与世无争，怡然自得。外出当兵、读书、就业，出嫁他乡，都不忘其"根"在此地。

中铁五局职工陶茂祥故居原址

　　现今，在这片绿意盎然的菜地一角，仍完好地摆放着约10平方米屋瓦，屋瓦下纵横叠放着数10根房梁，使人可窥旧宅的模样，可察宅主的眷恋。

陶家人现都定居深圳、贵阳、昆明等地，但常有人放下冗务，携妻带子回到这一生养之地，重温儿时旧梦，给子女"根"的教育。2017年正月初二，中铁五局退休人员陶茂祥的一子四女，都领家人来此故园，寻找往事踪影。

听陶家儿女忆述，其祖屋是一座典型的重庆民居：白墙黑瓦，正房坐北朝南，一字排开，一层，有房7间，居中一间较宽，是敬祖之所；厢房居左，坐东朝西，一层，有房3间；厢房连接吊脚楼，楼有两层，各有两房；宅后茂林修竹，蓊蓊郁郁；宅前平地开阔，护有栅栏。

中铁五局职工陶茂祥故居屋瓦横梁

中铁五局职工陶茂祥故居邻宅一角

平地挺立一棵古柏，古柏主干圆直，直指苍穹，高约 30 米，枝繁叶茂，白昼红日透下金光，夜晚明月洒落银辉，此树遂成陶家一景。孩子们都喜欢到这里合抱树干数星星，嬉戏打闹捉迷藏，因此，平地亦成儿童乐园。

平地前临低约 8 米、宽约 33 米的洼地，洼地广植石榴、银杏、桃、李、杏、核桃、柑橘等树，春天百花开，夏天石榴红，秋天杏叶黄，冬天松竹挺，四时皆现好风景，遍地都闻花果香。百鸟翔集，啼鸣婉转；春笋拔节，间或成竹。林间云雾，时隐时现；宅边流泉，潺潺相随。

正值丽日当空、山明水秀时分，我们俯仰山麓，但见多家住宅高低错落，炊烟袅袅，竹树掩映，曲径通幽。在我们穿行其间、欣赏美景时，老邻居们总能一下叫出陶家兄妹的名字，热情招呼他们叙旧，使人顿感乡情浓郁，似暖风吹拂。据说，这山麓上住有 10 多户人家，他们几乎都姓陶，想必是当年同徙的族人。

笔者十几年前曾睹《陶氏族谱》载有"陶渊明"三字，始信内子源出陶氏，脉同渊明。而今随妻"千里来寻故地"，颇感陶氏族人素喜山野，恬淡自足。遥想渊明当年，解印辞官，归隐田园，若寻访族人，莅临此地，"见树木交荫，时鸟变声，亦复欢然有喜"？如他钟情此地，"结庐在人境，而无车马喧"，自可"采菊东篱下，悠然见南山"。

中铁五局职工陶茂祥故居西麓竹丛

春节刚过，天气犹寒，但草木已泛青翠，生气隐隐透出，人行其间，不觉疲倦。此地显然曾是很好的家园。由于山麓朝南，坡度较缓，地气充盈，植被繁茂，宅基坦荡，视野开阔，陶宅有过兴盛的景象，有过和谐的大家庭。慈祥的老人、活泼的小孩、帅气的小伙、俏丽的姑娘、贤良的媳妇，几代同堂，和睦相处，堪称"数叶衍祥"。当陶家后人归来，队伍已添新军，但新成员并不感到环境生疏，在宽阔、方正的菜地边沿，在茂盛、荫蔽的竹林小径，一行人步履轻捷，谈笑风生，一如在深圳、贵阳、昆明等地亲密无间。

　　此刻，我分明感到，自然环境对于人类生长具有重要意义，生态建设也是育人工程。而淳朴、友爱的民风、乡情是和谐社会最深厚的根基。鉴于我国有几千年的农耕史，有 8 亿农民，不少城市建设者也来自农村，和谐社会建设应重视农村，保护农村淳朴、友爱的民风、乡情，并将其推广到城市。

中铁五局职工陶茂祥故居西麓竹道

据说，圣灯村名得自此山麓对面几里处一座山寺的挂灯。那盏灯以桐油为燃料，长明不熄，日夜照着这座村庄，使之温暖、吉祥！

遥望远寺圣灯，归人发思古之幽情，往事历历涌上心头；来者羡桃源之静美，跃跃欲试重建陶宅。

梦幻行走滇西北

　　峡谷深处，澄碧的金沙江水静静流淌；玉龙脊上，洁白的鹅毛大雪纷纷飘落；万山丛中，泸沽湖波平如镜；篝火堆旁，摩梭人载歌载舞……

澄碧的金沙江

玉龙雪山山坡

泸沽湖波平如镜

摩梭人载歌载舞

　　4 个月前，我随着旅行团初游滇西北，就惊羡于它雄奇的高原风光与多彩的民族风情。现在，那山水人物，仍浮现脑海，激荡心扉。

　　首先要说的是虎跳峡和玉龙雪山，这滇西北两大胜景，虎踞龙盘。

　　虎跳峡是源自青海格拉丹东雪山的金沙江流经云南迪庆与丽江接合部的一个峡谷，被哈巴雪山与玉龙雪山所夹峙，形成上、中、下三段。上虎跳，最窄处仅 30 米宽。金沙江缓缓流至此处，骤然变得急切，更因江心有一巨石阻挡，浪花飞溅，涛声雷鸣。在这激流面前，猛虎却能以江心石为踏板一跃而过，"虎跳峡"由此得名。

虎跳峡——滇西北两大胜景之一

　　玉龙雪山位于云南省丽江市境内，以险、奇、美、秀著称。此山纵贯南北，脊上耸起 13 座山峰，峰峰相连，积雪不化，远观如玉龙腾飞，故称"玉龙雪山"（古称"耸雪山"）。主峰"扇子陡"，峰高 5596 米，险逾珠峰，引登高英雄尽折"腰"，据说 17 支登山探险队攀登此峰均以失败告终。

　　从温暖宜人的山脚平坝，经凉意沁人的山腰森林，到寒气逼人的冰川公园，亚热带、温带、寒带植被垂直变化的情景，令人仿佛穿越了半个地球。在海拔 4506 米冰川公园观景平台，我终于看到了瑞雪飘飘的奇景：冰雪覆盖群山，雪花纷纷扬扬，天地一片苍茫，宇宙倒回洪荒。

玉龙雪山主峰"扇子陡"险逾珠峰

玉龙雪山雪景

除了险、奇与神秘，要想领略滇西北山水秀美、妩媚的另一面，泸沽湖不容错过。

泸沽湖是川滇界湖，属高原断层溶蚀陷落湖泊。大山深处，万壑之中，一面宽阔、优美的湖泊赫然展现在眼下。镜头掠过林梢，

13

我多角度拍下了泸沽湖景，却不见一叶风帆、一艘轮船。湖面波平如镜、柔美似绸，几座小岛点缀其间，如星散天宇。

泸沽湖远景

当晚参加篝火晚会，游客如潮。看完"甲搓舞"表演，就与摩梭青年携手共舞，不少人引吭高歌，宽大的舞池成了欢乐的海洋。我想，这偏僻的高原内湖，远离都市喧嚣，保有一方宁静，恍若世外桃源，多少个世纪以来人们未曾想到，借此，这里逐渐成为域外之人避世的天堂、心灵的栖所。

最后，不得不说的，是一座寺。

在迪庆藏族自治州香格里拉市，城北五公里外，苍茫草原上崛起一座青山——佛屏山。名副其实，它北阻寒流，南护一处建筑群。此建筑群远看像古堡群，坐北朝南，由下而上，逐级抬升，耸入云天。雄踞城垣顶部的两座主寺为藏式碉楼建筑，楼高五层，伟如宫殿，殿瓦镀金铜色，屋角"兽吻飞檐"，具汉式寺庙风格，堪称"藏汉合璧"。它就是有"小布达拉宫"之称的噶丹·松赞林寺，汉名归化寺，为云南最大的藏传佛教圣地。

"甲搓舞"表演

避世的天堂 心灵的栖所——泸沽湖

"小布达拉宫"——噶丹·松赞林寺

　　游人拾阶而上，只见僧舍错落有致，门窗装饰典雅。登至主寺观景平台，南瞰远山如黛，东见祥云缭绕，西望梅里积雪，北依殿宇宏伟，我顿觉天高地阔，心旷神怡。

松赞林寺周边远景

松赞林寺一角

松赞林寺一角

　　出家人本不问世事，但事关民族大义，另当别论。1936 年 4 月，红二、六军团长征至中甸，贺龙宣讲红军北上抗日的宗旨后，该寺开仓售粮、发动征粮、护理伤员，为红军提供了 20 万斤粮食、80 骑向导，成就了一段佳话。

松赞林寺一角

感受猫儿山的震撼

　　猫儿山，不平凡的山。自然是你的异禀，人文是你的精彩！

　　人们说起桂林，总是想到峰林地貌。然而，该市地形的多样性，却被忽略了。猫儿山春游，让我一睹群峰高峻、众谷深秀的壮丽景象和云海汹涌、吞吐天地的磅礴气势，震撼中刷新了对这座世界著名旅游城市的印象，感受了她的别样风采。

猫儿山群峰高峻、众谷深秀的壮丽景象

猫儿山云海汹涌、吞吐天地的磅礴气势

"十里峡谷"的飞瀑鸣泉

猫儿山，不见桂林城内"江作青罗带，山如碧玉簪"。（韩愈：《送桂州严大夫同用南字》），却尽展远郊高山的雄、险、幽、秀。"十里峡谷"的飞瀑鸣泉、虹桥碧潭、

"十里峡谷"的虹桥碧潭

山岚竹海、木屋人烟，使人如入桃源；陡峭山崖上古树繁茂、鹃花怒放、百鸟啁啾、清气氤氲，使人似登仙界；山顶湿地中"漓江源"石碑兀立栈道，使人方知桂林的母亲河发源于此；老山界红军长征纪念亭碑，仙愁崖二战美军飞机失事人员纪念铜像，供游人缅怀。

"十里峡谷"的山岚竹海

"十里峡谷"的木屋人烟

陡峭山崖上古树繁茂

陡峭山崖上鹃花怒放

山顶湿地 漓江之源

猫儿山是五岭之首越城岭主峰，海拔 2141.5 米，为华南之巅，因山顶巨石如猫蹲守而得名。亿万年来，这只沉默的猫雄视五岭，目光如炬，任凭风云变幻，"我自岿然不动"。华南地区覆盖粤桂琼，毗邻港澳，是我国改革开放的前沿地带，久经市场风雨，新时代搏击中流，如何保持战略定力？神猫"乱云飞渡仍从容"，就具启示价值。

猫儿山横跨兴安、资源、龙胜 3 县，面积达 5.3 万公顷，山体巨大，气势恢宏，包罗万象，资源丰富，素称"动植物王国""物种基因库""天然绿色水库""漓江的心脏"。据此，它"泵"出 39 条河流，汇成著名的漓江、资江、浔江，并连接长江、珠江两大水系。山岳生长森林，森林涵养水源，本是常识。但一座山的生态作用如此之大，令人惊讶。其中蕴含的哲理发人深思：因为自身博大，所以贡献卓越。古今中外，无数仁人志士胸怀天下，愈挫愈奋，终于蓄足能量，解民倒悬。伟人之路，不正如高山流水？

老山界——红色通道

近看青枝绿叶 满目葱茏 杜鹃如火 成簇成团

远观苍山如海 白云似浪 天地一片 意境深邃

老山界碑

距猫儿山顶 20 里处，一高山坪台海拔 1860 米，立有一亭二碑，连接一处幽谷。此地即中央红军长征翻越首座高山猫儿山的重要山岭——老山界。这里，近看青枝绿叶，满目葱茏，杜鹃如火，成簇成团；远观苍山如海，白云似浪，天地一片，意境深邃。亭即红军亭，碑即老山界碑、毛泽东词碑。如果没有亭、碑提示，谁能想到此锦绣幽谷曾为红色通道？

仙愁崖，地处猫儿山黑冲峰东南，海拔 1828 米，因在原始森林中，长期人迹罕至，但自发现二战美军失事飞机残骸，并立殒命青山的 10 名机组人员纪念铜像、美军飞机失事记事碑后，游客纷至沓来。凝视盟军烈士的音容笑貌，我对国际主义战士更加敬仰。

美军飞机失事记事碑

今天，我们享受幸福生活，不能忘记革命先烈的英勇牺牲和国际主义战士的高贵奉献。

寻芳大西南

不知不觉，已是秋天。回想油菜花开的时节，我曾参加桂黔滇三省联游。

车出广西百色，前往贵州兴义，桂西盆地渐行渐远，云贵高原越来越近。入山区后，艳阳高照，碧水奔流，千花盛放，万树勃发，大自然把冬藏的能量猛烈地释放，令人惊喜！

峰回路转无数回，车已远上白云间。窗外，大西南景物变换不尽，却梯次分明。清晨，盆地郁郁葱葱；上午，山树渐显空疏；午后，万峰矗立成林。时空转换之际，我发现植物密度与海拔高度成反比。

见惯了南海之滨的水草丰茂，我对高原山野的林木空疏感到新颖。密林固然丰满，疏林不也空灵？当你面对花丛，你会略感窒息；若见一枝独秀，你可遥想春色。

路见崇山峻岭，常有民宅散落，依山而建，各具风采，或茂树环合，或杂花簇拥，或柴垛傍依，或云霞掩映。虽不闻鸡鸣狗吠，但可见炊烟处处，梯田层层，山道弯弯，涧水粼粼。蓦地出现一面五星红旗，飘扬在绿树丛中，鲜艳夺目，彰显边疆儿女心向祖国。

山岭，人类的原乡，村庄的根基，花树的母体，诗意的源泉。

山居，返璞归真的方式，天人合一的体验，世外桃源的生活，人与自然的和谐。

思绪与白云齐飞，把我带回昨日。旅行团游历了田州古城风情街、百色起义纪念馆。小桥流水，深巷杏花，徜徉其间，如抵乌镇、姑苏；农家什物，凉棚蜡染，细察之后，始信确到壮民族发祥地。气势恢宏的百色起义纪念馆，藏品丰富，陈列井然，图文并茂，声光电一体，形象演绎威震南疆的百色起义历史风雷，极具感染力。起义成功了，战士血染沙场。登上纪念馆顶，近看如火杜鹃，远望城市风貌，我忽然感到，英烈精魂，已化成点点殷红，喜瞰百色今崛起。

百色起义纪念馆顶 英烈精魂 已化成点点殷红 喜瞰百色今崛起

兴义，黔西南布依族苗族自治州首府，拥有万峰林、万峰湖、马岭河峡谷等旅游景区。徐霞客惊叹"天下山峰何其多，唯有此处峰成林"的万峰林，是一个优美、深长的高原盆地，群峰环列，植被良好，村庄祥和，驿站时尚。盆地中部有一陷坑，呈八卦形，常为游客"聚焦"。大自然稍作"虹吸"，景观已巧夺天工。此地本是世外桃源，但现代社会改变了它，游客不绝于途，信息联通五洲。我曾来此秋游，景区枫林如火，层林尽染，可惜无花可赏！今次再来，终补缺憾。春风吹开了山谷的油菜花，花浪滚滚，仿佛万峰湖波涛汹涌，又如马岭河水花欢腾。行走花径，香气袭人，眼福大饱，让我领略了"磅礴数千里"的"西南奇胜"（《徐霞客游记·滇游日记二》）的另一种风采。此时，我体会到：故地重游，不仅拾遗补缺，而且拓展新知，实为价值倍增的过程。旅游景区是大自然的瑰宝，秀外慧中，韵味无穷，正如经典名著，博大精深，恒读恒新。

万峰林一域 八卦形陷坑——大自然稍作"虹吸"

万峰湖波涛汹涌

马岭河水花欢腾

"磅礴数千里"的"西南奇胜"——万峰林

万峰林油菜花芳菲深谷，罗平县油菜花美尽旷野。云南曲靖罗平坝子，20万亩油菜花遍地金黄，一望无际，誉称"花海"，实至名归！田埂上、花丛中，游人不停拍照，馨享全球最大的油菜花田。小山顶、土丘旁，桃花梨花次第开，为《春之声》配"和声"，汇成大美中国的西南"天籁"。

万峰林油菜花芳菲深谷

罗平县油菜花美尽旷野

瑰丽如仙境 奇异出世外
——蓝月谷泸沽湖见闻

春风吹来楸花的芬芳，白云映在碧湖的胸膛。

经幡飘举高原的神韵，哈达祈盼家族的吉祥。

2018年4月底，我参团畅游蓝月谷、泸沽湖。瑰丽的山水恍若仙境，奇异的风情大开眼界。

翠谷流清碧湖波静 秀美山水令人流连

蓝月谷，滇西北山水精华，以典型的"雪山水景"惊艳世人，因独特的水色变幻平添魅力。

玉龙雪山冰雪无声消融，却在山脚奏响多支流水的歌。潺潺流水始为涧水、小溪的独唱，终成一首河流的交响，仙乐飘飘，回荡在雪山东麓甘海子以北、云杉坪南侧的蓝月谷中。雪山归客下临此谷，也都成了流动的音符，沿河而行，为歌伴奏。这条河，天晴色蓝，弯弯流淌，如蓝色的月牙嵌在山谷，故称此峡为"蓝月谷"。水底泥巴色白，雨天"珠"落，泥泛水白，故此峡又名"白水河"。由于山阻石挡，蓝月谷流水每行一程都须累积成潭，才能漫溢前行，使人慨叹水之流程正如人的进步，自然界山重水复、雄关漫道，不正像创业者筚路蓝缕、百战艰难？该谷流水漫过数道石堤，梯次跌落，形成"玉液""镜潭""蓝月""听涛"四湖，呈现瑰丽多姿的"雪山水景"：近瞰如面面明镜，倒映青山叠翠；远望似层层梯田，呼唤冰峰下凡。踏平坎坷终成大观，穿越关山风光无限，蓝月谷流水催人奋进。

"雪山水景"瑰丽多姿

白居易诗云："人间四月芳菲尽，山寺桃花始盛开。"它描写庐山春天晚到符合实情，形容丽江春天来迟也显贴切。因为滇西北地处青藏高原与云贵高原接合部，地势高，仅丽江市中心海拔就达 2418 米，所以，该地的春天比之华南晚到两个月。

置身高原早春，穿越锦绣山河，我耳闻目睹什么？

融雪出清流，茂林养碧溪。"青山遮不住，毕竟东流去。"

融雪出清流 茂林养碧溪

"青山遮不住，毕竟东流去"

　　远山近水一脉连，云雾凝珠落碧潭。梯田不只山上有，河中群瀑次第悬。

　　截流成湖竟天然，胜过人工万万千。天地无言却有情，雾萦青山水绕岸。

远山近水一脉连 云雾凝珠落碧潭

梯田不只山上有 河中群瀑次第悬

截流成湖竟天然 胜过人工万万千

天地无言却有情 雾萦青山水绕岸

　　苗苗翠树，幽幽碧潭。楸花怒放，歌唱春天。水上森林，舞动春风。古桥不老，新叶初绽。

茁茁翠树 幽幽碧潭

楸花怒放 歌唱春天

水上森林 舞动春风

古桥不老 新叶初绽

　　雪山归客，下临蓝月。似有佳人，穿巷而来。雪水飞瀑，尽涤尘埃。人间仙境，不输九寨。

雪山归客 下临蓝月

似有佳人 穿巷而来

雪水飞瀑 尽涤尘埃

人间仙境 不输九寨

　　泸沽湖，横跨川滇两省的天然湖泊，以宽广的胸怀、多情的乳汁包容、哺育万千生灵。

　　从进山观景台看去，远山静卧如美女，湖畔错落有人家。阳光穿透乌云，泻下万道金光，脉脉青山，霎时生辉；郁郁松林，更显苍翠；盈盈一水，焕然明媚。细瞰泸沽湖景，发现湖中有一道山横亘中间，由圈层向内延伸，长逾湖心，使该湖呈现"湖外有湖""山外有山""天外有天"的格局，启人深思。

远山静卧如美女 湖畔错落有人家

佛塔独立 岸柳流翠

细沙铺金 蒹葭苍苍

　　宁蒗彝族自治县永宁镇，一曲尺形港湾，背山面湖，景色优美，佛塔独立，岸柳流翠，细沙铺金，蒹葭苍苍，清新、别致胜江南。琼瑶见了，是否另写《在水一方》？

　　乘猪槽船去湖心岛时，水天一色，岛显袖珍，但登岛后，方知"袖里乾坤大"，岛上竟藏一座完整的藏传佛教寺庙！忆及在西藏巴松措湖心岛曾游雍仲本教扎西寺，我深感选址湖心建寺，让莲花绽放碧波中，是高原佛学家不约而同的价值追求，寄托其高洁的出世理想。

水天一色 岛显袖珍

藏传佛寺 四面环水

　　游客趋之若鹜，使泸沽湖面临生态环保问题。据悉，国家有关部门、当地政府已加强对此"神仙居住地"的保护。目前，该湖地表水仍保持国家 I 类水质标准。但迅速发展的旅游业考验着该湖的承载力。只有完善全流域治理体系，才能保障这方碧水青山能为人类永续利用。

摩梭民居生态环保 月下走婚花楼幽会

　　摩梭民俗博物馆，泸沽湖畔一奇花。

　　院内，一柱擎天，经幡飘举，古树遒壮，枝叶繁茂。一块题有"博物增光"四字的蓝色匾额悬于大堂。大堂左侧墙面挂犁铧，上辟"花楼"雕花窗口；右侧墙面涂黄漆，上书摩梭象形文字。

意在辟邪 并祈吉祥

　　左厢房是一间大屋，被称为"祖母房"。我们在房内坐下来，一边听馆长讲解摩梭民俗，一边观察该房陈设：主位立神像，像前有炉子，室中为活动空间，留有款客桌椅，边厢为祖母床，对过为另一扇门（此门常年不开，仅在为老人送终时开启）。房屋为全木质结构，用木料平行向上层层叠置而成，顶上嵌一玻璃天窗用来采光，顶下四面通透空气流通。房中立柱两根，称为男柱、女柱。它们出自一树，象征男女同心，共担家庭。女柱选取根部，寓意维系家庭稳固；男柱选取梢部，寓意负责家庭兴旺。其中一柱挂着牛头，头披哈达，意在辟邪，并祈吉祥。房门矮小，门槛很高，意在提醒访客躬身入内，平心静气，以表达对屋内高龄主人的敬意，也起到祛外湿、控室温、挡畜禽、保卫生等作用。房门之外是边廊，边廊的夹墙邻着院子，饰有雕刻华美的窗棂，阳光缕缕透进。

　　出祖母房，沿方形回廊前行，看到藏品丰富，印制精美，文物珍贵，布局井然，图纹古老，历法独到，我不禁感叹该民俗博物馆水准之高，更对摩梭文化的博大精深肃然起敬！

摩梭民俗博物馆 藏品丰富 布局井然

　　转回大院，面对"花楼"，导游讲述了摩梭人走婚的故事。原来，"花楼"上住着阿夏（摩梭女），"月上柳梢头"时，阿柱（摩梭男）脚蹬犁铧攀缘而上，践行"人约黄昏后"。只是天未亮时，他必须离开。含羞玫瑰悄然绽放，映月翠湖屏声守望。

月下走婚 花楼幽会

47

走婚，夜合晨离，男女双方没有婚姻关系，只作为维持感情、繁衍子孙的方式，世代相袭，延续千年，独立于群婚、对偶婚、单偶婚之外。摩梭婚俗，奇异出世！

彩云之南之西北掠影

　　七彩云南,如披锦绣。大自然独钟此高原省份,赐其壮丽山河,繁其众多民族,兴其璀璨文化,赋其万种风情。许多游客几度游历,仍心向往之。遂掠数影,以助管窥。

赐其壮丽山河——山高水阔 相映成辉

繁其众多民族——篝火炽盛 芳华最美

兴其璀璨文化——信仰单纯 理想美好

赋其万种风情——古钟悠扬 声透苍凉

迪庆高原风情画卷

香格里拉一处郊野，春日朗照，芳草复苏，菜地平旷，屋舍俨然，多条经幡上聚下散，如伞开张，"伞"下堆石如锥，清水漾洄。春风吹拂，经幡灵动，呼呼有声，熠熠生辉。"伞"前勒石8块，上书"藏人缘·帐篷部落"，一行赤字与五彩经幡、蓝色屋宇、如带远山、碧空流云错落有致，相映成趣，构成生动、立体的迪庆高原风情画卷。游客至此，不知疲倦，身穿藏服，脚踏节拍，与藏族姑娘共舞，互道"扎西德勒"，友爱的暖流在胸中回旋，足以驱散早春的风寒。

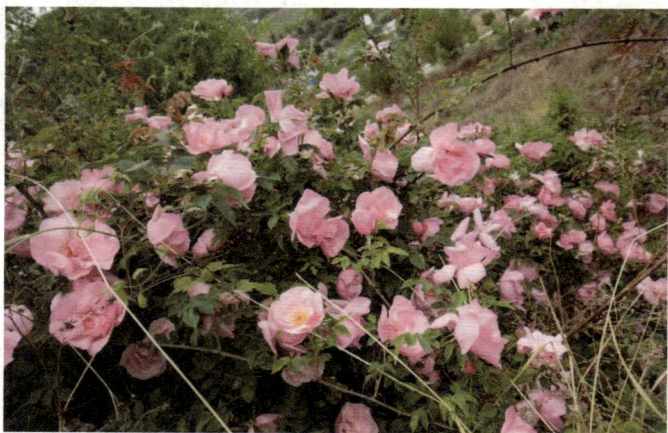

金沙江畔 月季耀目 坡岭葱茏　摄影 香格里拉酒业股份有限公司张敏

香格里拉酒业股份有限公司 遥望玉龙冰滴 近闻金沙水拍 聚山水灵气 酿玉液琼浆

金沙江畔一方山麓，月季耀目，坡岭葱茏，一家集研发、生产、销售、服务于一体的现代化酒类企业掩映其间，遥望玉龙冰滴，近闻金沙水拍，聚山水灵气，酿玉液琼浆，这就是香格里拉酒业股份有限公司。

进入公司所在园区，猛然见一 4.5 米高的巨大酒桶竖立草坪，游客无不惊叹！

地库入口

下到地库，看到偌大的空间里酒桶排放有序，精美的长廊中展品琳琅满目，优雅的洽谈区杯杯美酒飘香，顿时刷新了我的云南记忆。2012 年春，我曾赴红河哈尼族彝族自治州弥勒市，采风云南高原葡萄酒有限公司，欣赏"云南红"系列葡萄酒种植园景，得知这片沃土曾种葡萄，后来闲置，1997 年港资投入开发葡萄酒业后重焕生机。而今游至迪庆藏族自治州香格里拉市，在碧水青山间遇见香格里拉酒业，体会到了"山外有山，天外有天"。香

驰阅万里芳华

格里拉酒业 2000 年由商务部批准设立、外商投资，引进国内外一流专家、设备和世界最好葡萄品种，充分利用迪庆高原的雪山融水、日照条件，生产销售"香格里拉葡萄酒"和"大藏秘青稞干酒"，产品独具个性，已具品牌效应。

窖藏丰富 叹为观止

地库深邃 长廊精美

"云南红"绽放滇东南,"香格里拉""大藏秘"亮相滇西北。在改革开放 20 年前后,葡萄酒业如红河洪波涌起,似金沙惊涛拍岸,陆续崛起于云贵高原,成为云南省继烟草工业、茶叶产业之后又一支柱产业,对西部地区扶贫脱困贡献显著,可谓得天时、地利、人和。

香格里拉酒业股份有限公司产品

我见过无数山景,最难忘的是玉龙雪山腰部森林。海拔 3356 米索道起点,古树参天,蔚然深秀,山花吐艳,空气清冽。这里,仰观雪峰峭拔雄伟,宁静晶莹,云遮雾罩,宛如仙境,俯察山谷万木葱茏,一河如带,春雨纷落,水白如镜。当我看到海拔 3600 多米山岭上依然生长着苔藓、冷杉,依然盛开着奇花、异卉时,敬仰之情油然而生。山脊笔立,苔藓披衣而上;坡地土薄,云杉直指苍穹;寒凝大山,茶花迎风起舞。亿万年来,雪山植物历尽沧桑,何曾屈服?而且越长越茂盛,越长越清秀,成为大山的守护者和形象大使。栉风雨后沐朝阳,战霜雪后入暖春,苦难铸辉煌,这是雪山植物的境遇,不也是中国人民的历程?

人类是万物之灵,也是自然之子。我们不能妄自尊大,应该虚心学习植物、动物的长处。愿雪山植物坚毅、无畏、顽强、乐观的精神，深植中华民族的身躯，并逐渐成为全人类的财富。

玉龙雪山索道起点 古树参天 蔚然深秀

玉龙雪山腰部森林 山花吐艳 空气清冽

　　驼铃清脆，空谷传响；古道蜿蜒，雪茶飘香。丽江城西 10 公里处，拉市海茶马古道保存较完整，游客得以一饱眼福。穿过村庄，跃上山梁，峰回路转，难辨方向，幸得向导一路牵马，引游客骑行，我们终抵目的地。林尽水源，便见一碑，上题"圣泉源"。导游说，这是拉市海的水源之一。如此纤细的一脉清流，与她的兄弟姐妹齐心协力，造就拉市海一方汪洋。个体之力终究有限，集体合力移动群山。14亿多中国人民团结一心，砥砺奋进，九天揽月，五洋捉鳖，都可梦园！

仰观雪峰峭拔雄伟 宁静晶莹 云遮雾罩 宛如仙境

俯察山谷万木葱茏 一河如带 春雨纷落 水白如镜

圣泉源

水碧映长天 湖阔连远山

千岛呈绿景 万松俯翠澜

航标醒目立 红旗迎风展

梅峰凭栏处 遥思接云端

山水清音鸣响在"花园""盆景"

——千岛湖冬旅

水碧映长天，湖阔连远山。千岛呈绿景，万松俯翠澜。

航标醒目立，红旗迎风展。梅峰凭栏处，遥思接云端。

在千岛湖绿城度假酒店，透过层林尽染的庭院，望见一汪碧水如江远去，郁郁葱葱的树木夹道欢送，路树之后琼楼列阵、青山耸翠，我不禁发问：那是一条江吗？

千岛湖中心湖区一隅一汪碧水如江远去"江"岸树木夹道欢送

答曰：不是。它是千岛湖中心湖区的一隅。当曙光初照千岛湖，那宁静的一隅最先醒来，把金黄的湖光反射到周边的琼楼，玻璃幕墙如披霞光。千岛湖绿城度假酒店、喜来登度假酒店等五星级宾馆，像钻石般镶嵌在此湖畔森林中，疏密有致，婉约多姿，景观优雅，空气清新，昼望丽湖过尽百舸，夜览庭院明灭灯影。那流线形建筑仿如五线谱，凝神观望，天籁之音似在回旋，千岛之波如在泛起……

流线形建筑仿如五线谱

回想 2006 年冬，在此千岛湖镇，我曾随团就餐一家湖鱼大排档，那餐桌，塑料布一擦就上菜；那排档，腥味儿伴着菜香来；宾馆像个招待所；的士当公交，"票价"一两元，遂感千岛湖城建亦沧海桑田。

　　旅行车驶向码头，秀美湖山赏心悦目，途见一座耀眼的雕塑——千岛湖纪事碑，我顿时想起14年前曾游江滨公园，瞻仰此碑。当时，导游说，敬爱的周恩来总理曾出席新安江水电站落成典礼，使我对由新安江水库发展而来的千岛湖景区刮目相看。写此文前，又知周总理早在新安江水库大坝施工时，就亲临工地视察，及时勉励员工，极大地提振了工地建设者的信心。四面青山见证了工人们热火朝天的劳动场景，一湖清波展现了领袖们高瞻远瞩的治国智慧。

江河交响 山水清音

　　由安徽南部、浙江西部共33条江河汇合而成的千岛湖，因新安江为主要入库河流，别名新安江水库，位处淳安县，面积580平方千米，平均水深30.44米，最深100余米，蓄水量178

亿立方米，年发电量 18.6 亿千瓦时，有 1078 个岛屿，为国家 5A
级旅游景区，水质居全国首位（数据采自百度），供水已达杭州
等地，远期规划将至上海，在蓄水、防洪、发电、供水、灌溉、
航运、养殖、保护资源、改善气候、美化环境、发展旅游等方面，
都发挥着重要作用，并开启了新中国独立发展水电事业的先河。

"天下第一秀水"美不胜收

　　新安江水电站建设发扬的自力更生精神（以一己之力建新中
国第一座大型水电站），展现的原始创新能力（自勘地质、自行
设计、自制设备、自组施工），显示的社会主义制度优势（全国
大协作、集中力量办大事），表现的顾全大局观念（搬迁异地另
建家园），彰显的与时俱进品格（将水电站升级为千岛湖），都是

中华民族至为珍贵的精神财富。"为有牺牲多壮志，敢教日夜换新天。"千岛湖纪事碑，不也是中华民族精神的丰碑？

　　车至旅游码头，游客拾阶而下。回眸钟楼方正中立，背依彩虹雕塑，如箭在弦，指向青天，面向碧湖。数艘艇、船停泊岸前，蓄势待发。其中，白色游艇线条简洁，红色楼船飞檐雕阁，相同景象是艇前、船首皆现"风展红旗如画"。游客凝聚在五星红旗下，像游子回到母亲的怀前，幸福之情溢于言表，争抢机会与旗合影，忘了剪影明丽的山水。国旗是全国人民团结的象征，是我们心中最美的存在。想到千岛湖就是新中国团结协作的成果，我觉得这面国旗格外鲜红。

钟楼如箭在弦 艇船蓄势待发

峻秀山林延绵致远 琼楼广厦错落其间

昔日渔村蝶变新城

　　游艇穿越中心湖区，向着远方开去。当它出码头、左转弯时，我看到右岸峻秀山林延绵致远，琼楼广厦错落其间，感觉千岛湖镇已具现代旅游城市水准，昔日渔村早成历史。临水而居，本是人类生存智慧；面湖而赏，更是人们时尚追求。旅游业大发展，已是淳安县着力打造出的新优势，千岛湖无愧于上海、杭州"后花园"的美称。

　　眼看游艇将至湖心，我遂登上顶层三楼，环顾湖山如画胜景。无论立身何处，都见碧水浩瀚，云山渺远，游艇穿梭，岛屿锦绣。当游艇行至离岸不远处，见到山外有山，逐层抬升，我知道千岛湖水源不竭的原因。湖面时常露出小岛，或单一，或数个，岛上松树繁茂，冬阳如沐，近看显绿，远观为黛，呈现"千岛湖盆景"奇观。航标挺立，或白色，或红色，或基于明石，或立于暗礁，指引艇、船安然通过，无言地发挥着忠诚哨兵的作用。

碧水浩瀚

云山渺远

游艇穿梭

岛屿锦绣

航标挺立 基于明石"哨兵"无言

航标鲜红 立于暗礁 "哨兵" 无声

　　游艇在湖面划出翡翠般的航迹，颇像杰克逊港艇后的水色，此情此景使我感到：湖水，海水，清洁都美；东方，西方，生态为上。游艇渐渐近岸前行，不时显现一些游艇停泊岸边，游客都已上岸观光，一些山峰之间遇水搭桥，方便联通，可见千岛湖旅游管理部门充分开掘岸水资源，辟出多处精华景点，营造出"山重水复疑无路,柳暗花明又一村"的旅游效果,满足游客不同需求，同时分散游客观光方向，拓宽千岛湖旅游服务领域。千岛湖水质优秀，波光粼粼，兼具实用、审美双重功能，与旅游定位密不可分。艇上观光全程不见帆船之影，当是水质保护政策的体现。

千岛湖游艇翡翠般的航迹 颇像悉尼港艇后的水色

悉尼港艇后的水色

充分开掘岸水资源 辟出多处精华景点

"梅峰欢迎你"——"冬日暖流"直入心田

　　"梅峰欢迎你"，当游艇进入一处风光旖旎的港湾，热情洋溢的标语呈现崖壁，如冬日暖流直入心田。游客或乘缆车，或登台阶，先后上至梅峰观景台。"江山留胜迹，吾辈复登临。"（孟浩然：《与诸子登岘山》）从这里瞭望千岛湖，视角极佳，景观开阔。东有青山夹一水，西有碧浪簇群屿，南有百舸争清流，北有红茶沁心脾。梅峰山麓，松树染霜，使人敬畏冬之凛然。然而，一到春天，苍松又将重焕风采。

　　千岛湖日游如此，夜航如何？夜幕降临时分，它如珠江两岸华灯璀璨？或像维多利亚港口梦幻？

东有青山夹一水

73

西有碧浪簇群屿

南有百舸争清流

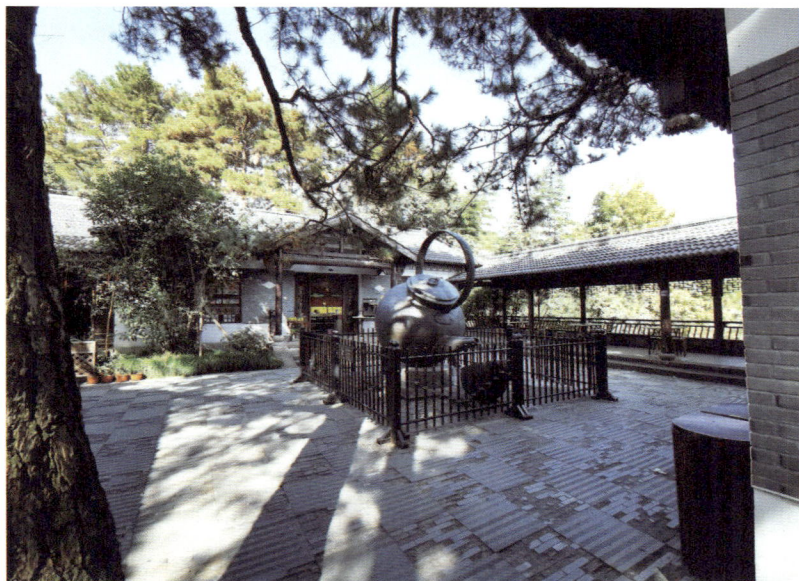

北有红茶沁心脾

云雾三清的秋天音画

在金沙索道起点，仰望三清山，群峰耸翠，浓雾连天，令人浮想联翩……

缆车飞离稻谷飘香、芦花放白的谷底，穿过款款相依、心手相连的峰隙，节节升至高坡，这座江南名岳渐渐向游客揭开神秘的面纱。

栈道如虹，高悬在群山之间，流线形护栏随峰回路转，不时显现曼妙身段。旅行团步入南清园景区，行走一程后，云雾升腾，山峦隐没，转瞬间天地苍茫，松石难辨，行人如进幻境。此时此刻，唯有平坦的栈道，给人踏实之感。抚摸溜圆的栏杆，呼吸清凉的空气，我仿佛信步天庭。此栈道规划半年，施工半年，一年余竣工，为中外游客纵览三清山世界自然遗产提供了便利设施，因此跻身全国样板。周筱松导游披露此讯时，我感到昔年造出悬空寺的中国人民，新时代又铸崖壁工程精品。

栈道如虹 高悬在群山之间

流线形护栏随峰回路转 不时显现曼妙身段

　　笔者曾在一个春日行此栈道，山上天气瞬息万变，眼看雨点生自各树，霎时汇成一个雨网。蒙蒙山雨落在伞上，"吧嗒""吧嗒"，像雨打芭蕉，清脆入耳，浓浓白雾弥漫林间，数米之外不见人影，前行有路，拍照无景。因此，走了几公里，到了五指峰，就不再前往。五指峰上，杜鹃花多处盛开，鲜艳夺目，成为那次旅游唯一可望景点。然而，由于绿叶掩饰，雨雾遮盖，其花容玉貌并没有看清。而今，萧瑟秋风伴我重登此山，已然雨点不再，但若浓雾不退，三清美景仍无从领略。

　　明媚的阳光没有盼来，乳白的浓雾忽然退去。墨绿的松树集聚成林，蔚然于栈道上下，成为景区最壮观的植物群落。松林的颜色使人忘了"时维九月，序属三秋"（王勃：《滕王阁序》）。一路前行，松树或从高崖上横空出世，或在山顶处昂首天外，或自丛莽间脱颖而出，或于栈道里砥柱中流，都显英姿勃发。蓦然回首，山麓丛林向上延伸，每升一处就托起一棵青松，几棵青松间隔有度，遥遥相望，在远处山坡上茫茫白雾的映衬下，或主干亭亭玉立，或枝叶旁逸斜出，或树梢浓密若云，使人遐思绵绵。猛然间，一簇乌云惊现天空，凝重得像要下坠，定睛一看，它原是深绿如墨、郁秀似丛的松枝松针。在它的下方，多处青松伸展枝叶，汇聚拢来，像千军万马前来集结，聆听将令，又像远方游子回归家园，仰望高堂。莫道青山多冷峻，"一枝一叶总关情"。植物也有组织，也有情义，或聚集而共生，或分处却照应。人类应增进对植物的认识，提升对植物的尊重，学习植物风雨同山、和衷共济的精神，密切合作，共享资源，加快打赢新冠肺炎疫情防控阻击战，并同构生态文明，共谋社会和谐，敦促睦邻友好，维护世界和平，永葆地球美妙之青春。

或从高崖上横空出世

或在山顶处昂首天外

或自丛莽间脱颖而出

或于栈道里砥柱中流

莫道青山多冷峻"一枝一叶总关情"

茶树绽出光滑的绿叶

枫叶铺开烂漫的赤霞

灌木丛分枝通透秋风

馒头石连理崛起蒿莱

　　峡谷曲曲折折，伸向远方。远方云山渺茫，近处坡岭葱翠。虽已深秋，山气凝重，各种树木仍在茂盛生长，似波涛漫涌峰巅，如瀑布倾注谷底，覆盖群山众壑，催生近雾远云。凛霜打压，其主干依然茁壮；寒气萧森，其枝叶依然蓬勃。茶树绽出光滑的绿叶，枫叶铺开烂漫的赤霞，灌木丛分枝通透秋风，馒头石连理崛起蒿莱。万山丛中，最醒目的是青松：或英挺超迈，枝条若垂天之云，或屈曲盘旋，松针如映日之花，或参差错落，主干像守山之

或在挺秀的树梢释放磅礴

兵，或缠绵悱恻，树梢似倾情之侣，都别具风采。松针多呈墨绿，少数则呈葱绿，显示秋霜的不同效应，或在挺秀的树梢释放磅礴，或在延伸的枝条展示瑰丽，熠熠生辉，独领风骚，堪称三清山魂。三清山植被繁茂，满目葱茏，云雾弥漫，遍山朦胧，内因土壤保肥，花岗岩矿物成分多，外因邻近东海，易接太平洋暖湿气息，并得益于国家生态建设、世界自然遗产保护。栈道中间，时常挺立一两棵青松，供给游客可触摸景观。面壁一侧，松枝不留，通行无碍，匠心自显；邻崖一侧，枝繁叶茂，层层叠叠，清秀可人。当我凝视栈道中间松树，脑海浮现劲歌热舞的景象：独舞潇洒，双人舞整齐，征衣在秋风中飞扬，激情在峰峦上澎湃……

或在延伸的枝条展示瑰丽

秋日登临三清山，飞瀑鸣泉依然现。一道发自高麓的瀑布，似雪耀眼，流经石缝，时分时合，潺潺而下。一处瀑布如一丝银线，挂在石块砌成墙面的前方，过半处遇到微凸的石块，溅出伞状飞流，落入方正水泥池中，水泥池面映现水晶般的清流。透过一条崖壁间的缝隙，另见一帘瀑布贴着崖壁飞流直下，冲出沟底几处急湍。照片放大后，我才知道那帘崖壁飞瀑已成冰帘，那片沟底急湍已成雪晶。然而，几处瀑布周围草木都抖擞精神，格外青翠：水汽浸润，枝叶纷披，山光辉映，叶绿如兰，在长满青苔的石墙上簇拥银练，在褐黄相间的崖壁上摇曳秋风。

秋瀑如银线 挂在石墙前

崖壁飞瀑已成冰帘 沟底急湍已成雪晶

　　秋天是枯水期，山间雨水减少，经过夏天的蒸发，山体蕴含水量也已不多。因此，游客不能奢望这一季节青山飞瀑势大如洪，声震长空。像黄果树、德天那样气势磅礴、水量丰沛的大瀑布毕竟鲜少，如长白山、庐山那样高悬崖壁、层层跌落的长瀑布也为数不多，而且，它们也在秋天缩小规模，收敛声势。瀑布最隆盛之景，一定出现在夏季；瀑布最式微之象，一定出现在冬季。春瀑适中，秋瀑次之。季节决定瀑布规模，政策也影响瀑布水量。封山育林，涵养水源，有益瀑布壮其规模；乱砍滥伐，水土流失，有害瀑布保其水量。曹操诗云："盈缩之期，不但在天；养怡之福，可得永年。"说人如此，说山亦然。人类期望青山富氧洗肺，翠林悦目，瀑飞泉鸣，鸟语花香，就要精心养护它。青山给予人类高贵的母体，人类当以敬爱之情感恩回馈；青山施与人类宏大的宝库，人类当以节俭之德谨慎取用。

阳刚与阴柔兼具 壮丽与秀美并存

　　一到高山，遂入清凉世界，再登峰巅，空气愈发清冽。三清山的崖壁陡峭、唯美，或袒露、光滑，或葱茏、清秀，常年仙气氤氲，草木点缀其间。崖壁如削，头顶青天，足立幽谷，阳刚与阴柔兼具，壮丽与秀美并存，尽展这座江南名岳鲜明的性格特征和丰富的美学内涵。

　　磴道似梯，辗转五指峰麓，当我攀登其上时，高高的崖壁飞出片片红艳，空谷幽兰掩映其间，飞雾流云缭绕其上，使我一时以为那是丛丛红花，但觉得深秋时节山花难开，就极目仰望，终于看清片片飞红，原是树树枫叶：

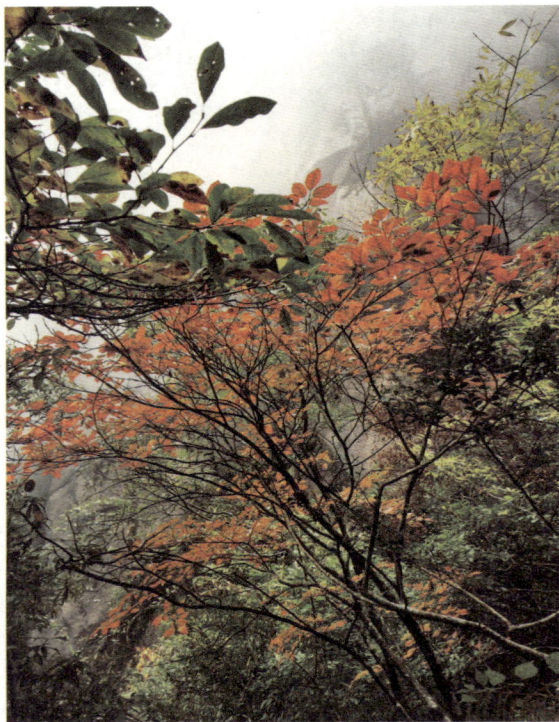

片片飞红 原是树树枫叶

枫叶如花盛开，在万绿丛中绽放点点殷红；
枫叶如霞飞掠，在崇山峻岭璀璨片片天空。
枫叶如火燃烧，从霜冷深涧送来股股温热；
枫叶如日喷薄，从云遮雾罩透出浓浓曙色。

　　在崖壁飞红的召唤下，我一鼓作气，登上三清山最好观景台之一——禹皇顶（海拔1580米）。在这高可摩天之处，我原本期冀放眼四面江山，没有想到置身白雾茫茫。曾登无数名山之顶，俯瞰多少壮丽景色，即使在莽山之巅，山风强劲使我不敢直立，也摄得锦绣幽谷美景；即使在长白山上，寒风凛冽呛我眼泪直流，也拍到旖旎天池风光。因此，这时我略感失望。然而，忽见身边挺拔松树上一杆五星红旗，迎着山风猎猎飘扬，顿时喜从心生！山风大时，国旗"呼呼""呼呼"劲舞，舞出碧霄一束火红；风向转时，国旗"噼啪""噼啪"脆响，奏起山巅声声天籁，遂成三清新美音画。

云雾凌峰 栈道绕岩

青松挺秀 明晖耀峦

崖壁飞红 枫叶流丹

磴道通顶 赤旗漫巅

有诗赞焉：

云雾凌峰栈道绕岩，青松挺秀明晖耀峦。

崖壁飞红枫叶流丹，磴道通顶赤旗漫巅。

画意桂西南 边陲有洞天

车出绿城南宁，西去边城崇左，渐至与越南毗邻的大新县。

沿途风光旖旎，岩溶地貌明丽，使人如穿童话世界：峰丛葱茏，山峦连绵；峰林挺秀，平野开阔，在五月的阳光朗照下，格外郁郁葱葱！这里的峰丛、峰林保存完好，颇具原生态的自然、优美，比不少地方的喀斯特地貌通透、空灵，使人心旷神怡。花

如穿童话世界

季已过，群芳渐褪。然而，油菜花花期较长，热风吹送，它犹迎风起舞，花蕊把春的画意带进夏天，映得田野金光灿灿，引来蜂蝶光顾频频。村落端庄，炊烟袅袅，或依翠峰，或起青野，小河、田垄、民宅、树林、峰峦、云朵，由低而高，逐层呈现，引人浮想联翩。芭蕉舒展宽大的绿叶，河床喜迎欢腾的雪浪，老牛踱步乡间的小道，群鸭戏水幽静的深潭，桂西南尽展世外桃源的祥和景象。

芭蕉舒展宽大的绿叶

村落端庄 炊烟袅袅 或依翠峰 或起青野

　　"看！这是我国硕龙口岸，近期升为一级口岸；那是越南里板口岸，相信也在升级之中。两个口岸同步建成后，将分流友谊关大批人员、物资。"来自北海的黄昊伟导游对此地机构如景点般熟悉，三言两语道出其地位、作用。

　　硕龙口岸是大新县唯一一级口岸，也是崇左市 5 个一级口岸之一。由于该市地处华南、西南、东南亚三大经济圈交汇点，硕龙口岸与其兄弟口岸遂成我国开放前沿、中越交流通道、南（宁）新（加坡）走廊北端、丝绸之路节点。中越界河——归春河款款绕过里板口岸、硕龙口岸，串起两国绵长的友谊。

　　在硕龙镇前，旅游车停车待检。上来两名警察，逐一审核游客身份证，使我想起在新疆公路接受两名特警登车验证的情景。边疆省区敏感度高，对外来人员身份查验历来严格。值此停车时刻，我瞭望归春河畔两国口岸的雄姿：大楼都显英挺，丰采都透绿叶，使人肃然起敬；差别在于硕龙口岸墙体白色，里板口岸墙体黄色。郭沫若说："衣裳是文化的表征，衣裳是思想的形象。"我认为，建筑亦然。那么，两国口岸墙体色差，表征什么不同的文化？形象什么不同的思想？当我看到里板口岸迥异于硕龙口岸的格调、色彩时，我确信已至边境，异域风情始呈眼前。然而，差别仅在建筑而已，彼山彼水与此山此水并无二致，"越南中国山连山江连江"（杜润：《越南—中国》），于此已得印证。

　　穿过房舍较密的硕龙镇，一片平原展现出南国稻田的广阔，使乘客心境豁然开朗。公路从平原中间穿过，蜿蜒伸向无尽的远方。碧绿的田野，绕过明镜般的水塘，沿着悠长的沟渠，往左右两边远远的峰丛、山峦扩展。峰丛、山峦怀前的民宅，远望像疏星点缀在青绣之上，近看如碧玉镶嵌在绿衣之中，透出农家特有的安逸。难怪东晋诗人陶渊明情倾桑梓，疾呼"归去来兮，田园将芜胡不归？"也理解解放初甘祖昌将军功成身退、解甲归田之举措。

广袤的农村，诗意的家园！在您看似简单质朴、实则丰富清新的世界里，有物产的丰饶，也有风情的魅惑；有自然的云烟，也有人文的底蕴。城镇化的浪潮不能淹没您的原生形态，现代化的步履不能抹掉您的淳朴民风。未来中国应该是生态大国，绿满华夏；泱泱中华仍应是文明古国，和溢神州。

广袤的农村 诗意的家园

车行一小时，终抵名仕河上游码头。本团游客分乘两筏，顺流而下。河道平缓宽敞，清流婉转曲折。筏工动作娴熟，竹排并行不悖。茂林修竹连岸，山光水色相映。时见虹桥飞渡，时闻山歌悠扬。

当竹筏有如风行水上时，我的思绪飞至阳朔遇龙河。遇龙河面比名仕河宽，但风比名仕河大。2015年正月初九，我与团友同游遇龙河，至下游时，凛冽的风越吹越劲，吹得我们不想再游，遂弃筏上岸。但名仕河清风徐徐，使人留恋。

在游客意犹未尽时，竹筏已漂至该河下游码头。但见两岸青峰，一河如带，在葱茏河岸上，绿地平坦，一座高于地面约一米的展示馆壮族风情浓郁，《花千骨》剧照在展示馆四壁光彩照人，风车等娱乐设施笑迎游客，

名仕河上 时见虹桥飞渡 时闻山歌悠扬

奇花异卉盛开在多处丛林。往里走去，更见屋顶高尖的餐厅、爬满青藤的驿站、树木葱翠的山峦、棕榈挺秀的园景和九曲回廊的水上通道、篝火中烧的文艺广场、波光潋滟的巨大湖泊、白云缭绕的远山群峰……《祖国边陲风光》特种邮票之一"桂南喀斯特地貌"，电视剧《酒是故乡醇》《花千骨》等，都取景名仕田园的秀峰丽水、古道长桥。

展示馆风情浓郁《花千骨》剧照动人

屋顶高尖的餐厅

爬满青藤的驿站 树木葱翠的山峦

棕榈挺秀的园景

九曲回廊的水上通道 篝火中烧的文艺广场

波光潋滟的巨大湖泊 白云缭绕的远山群峰

沐浴夕阳余晖，游客遍搜美景。九曲回廊式水上通道，数十个石柱中凿圆孔，许多游客面对柱孔蹲身拍照，远峰近湖化成一幅幅圆框山水画，平添名仕田园魅力，呈现祖国边陲别有洞天景象。南北朝诗人谢灵运的名句"池塘生春草，园柳变鸣禽""春晚绿野秀，岩高白云屯"，恰为此时名仕田园风景写照。夜幕降临时分，名仕田园餐厅华灯璀璨，屋外绿叶茂盛，簇拥出题写"翠山堂"三个字的悬空木牌，使人感受到了如杏花春雨般的盎然诗意。稍事休息以后，游客穿过流光溢彩的水上通道，登上壮族博物园，参加篝火晚会。悍勇的古壮战舞，明快的八桂山歌，燃向夜空的篝火，传至四野的鼓声，引爆众多游客的热情，使之不分男女老少，踊跃加入与壮族演员携手前行的圈舞，展现社会主义大家庭各民族大团结的动人场景。

屋外绿叶茂盛　簇拥出题写"翠山堂"三个字的悬空木牌

流光溢彩的水上通道

当游客都回到驿站，以为一天的行程已告结束，忽然，名仕田园餐厅之前炮仗"嘭""嘭"炸响，夜空频闪火树银花……

悍勇的古壮战舞 明快的八桂山歌 燃向夜空的篝火 传至四野的鼓声

驿站夜景

　　名仕田园位于大新县堪圩乡，西距越南 10 公里。边陲祥和，得益于中越睦邻友好。祝愿两国永久和平！

迪庆丽江山水含芳

云南的花，好似随意拍摄一枝一丛，都是优美的画。

从"小布达拉宫"——噶丹·松赞林寺下来，中经一个尚未长出水草的大甸——高原季节性湖泊纳帕海湿地，沿着金沙江一路前行，渐渐到了云南迪庆经济开发区松园工业片区（香格里拉绿色产业园区）。

噶丹·松赞林寺 云南最大的藏传佛教圣地

区内建有香格里拉酒业股份有限公司，产销"香格里拉葡萄酒""大藏秘青稞干酒"。一个能对生物资源精深加工的厂区，有力提升迪庆藏族自治州的产业形象，如一颗璀璨的珍珠辉映滇、藏、川三省，彰显"西部大开发"的显著成就。此时，2018 年 4 月 28 日，我感到工业文明的浪潮已澎湃至滇西北，为这片本以农牧为主的高原拓宽了产业结构，并提高了科技含量。

纳帕海湿地 尚未长出水草

香格里拉酒业股份有限公司现代化厂区

　　旅行团步出厂区前，蓦然回首，我惊喜地看到，在公司背依的山岭上，在春天温暖的阳光下，月季绽放出夺目的异彩，青枝绿叶簇拥着它朵朵盛开，竞吐芬芳，像在欢送离开的游客，又像在昭示它们的作用。据《天地行》介绍，茅台酒业曾在异地增建厂房，但在外地怎样都酿制不出道地醇味，真是一方水土养一方酒，"橘生淮南则为橘,生于淮北则为枳"(《晏子春秋·杂下之六》)。那么，我想，葡萄酒亦然。离开金沙江水的湿气滋润，离开松园密林的生态养护，离开迪庆日照的长时提供，离开玉龙雪山的雪水饮材，离开高原山谷的肥沃土壤，这些酒怎能具有独异的品质？想到这里，我遂认为，那山岭葱茏、月季红艳，岂止是该公司形象代表，还应是该公司产品功臣。

迪庆松园 枝枝月季迎风起舞　摄影 香格里拉酒业股份有限公司张敏

生态养护 品质独异

人间四月，高原花盛。迪庆松园枝枝月季迎风起舞，丽江嵌雪树树楸花映日生辉。旅行团初抵丽江，当晚入住城中古屋嵌雪楼。拾阶而上，团友登临狮子山北端净莲寺，感觉禅院古色古香，整洁文雅。内有平房数间，方正四合，院中挺立一棵楸树，楸花怒放，引人观瞻，游客竞摄，不忍离去。平房四通八达，匾额题字典雅，东邻一面悬崖，沿崖设有茶座。此处可观丽江全城。我遂于次晨奔至此处，摄取一抹晨曦初照丽江，感受一座古城宁静和美。由于我来得较早，得以凝神观望丽江日出全过程：东方欲晓，金光潜射，使观者充满期待。随着东方天空光亮的增强，笼罩全城的黑夜逐渐"褪色"，古城格局、远山轮廓也逐渐显出。而后，城中琉璃瓦建筑、场院、保洁员、早起的游客渐次显现，标志古城已醒。最后，朝日喷薄，全城暖亮。

由禅房改造的客房设施齐全，别具一格，既显实用，又透禅意，入世的紧凑与出世的悠然水乳相融。山上高大、茂盛的楸树遮天蔽日，满树繁花似簇簇雪团镶嵌在青青绿叶之中（"嵌雪楼"因此得名），使此山之巅蓊蓊郁郁，蔚然高秀。偶有日光照射进来，被光顾的几片楸花尽显明丽，反把寺庙的飞檐戗角衬得亮堂。

晨曦初照丽江 古城宁静和美

丽江嵌雪 树树楸花映日生辉

在此生态高地,远眺玉龙"雪山屏列",近瞰楼下"玉水潆洄",春仰漫天楸花嵌"雪",夏临穿林清风润肺,都是人生至美的体验。

楸树,珍贵树种,独具风姿。几天后,旅行团行至"小九寨沟"——丽江蓝月谷，首先映入我的眼帘的，又是此树奇丽风貌。素闻楸树多花，白水河畔一棵楸树，果然花开满树，以至于绿叶都显得稀疏难寻。其花粉红透白，簇开枝头，如血染的雪团喷薄而出，横空耀世，颇具视觉震撼力。与其紧邻的一棵树，却是一花也不开，枝繁叶茂直指苍穹，洋溢植物的另一种神韵。如果不是亲眼所见，我怎能知道植物也会"和而不同"？细看之后，我辨别出：蓝月谷楸树花瓣肥大，主干却细小。因此，当繁花满枝时，其主干因压力大、个子小而横斜，却不倒下，凸显母体性格的坚韧，令人敬佩；而嵌雪楼楸树主干高大，身姿挺拔，且多呈现兄弟帮扶、众志成城的情景，故能牢固支撑花繁叶茂、笑傲云天的宏大局面。楸树予人启示良多，无愧"百木之首"地位。林谚："千年柏，万年杉，不如楸树一枝丫。"一语道出楸树实用与美观兼具的价值。楸树，原产中国，英姿焕发大江南北，造福国人已数千年，在"一带一路"和煦春风中，您能昂首走向世界吗？

白水河畔 一树楸花横空耀世

云南地形西北高、东南低，"西风烈"无损其家园温馨，东南风却带来暖湿气流，极有益其植物生长。国家高度重视云贵高原植物研究、培育、保护，仅在云南一省，就设有中国科学院昆明分院、昆明植物研究所、西双版纳热带植物园等机构。"绿水青山就是金山银山"的生态理念在新时代深入人心，云南人民因地制宜，积极践行。例如，大理古城"家家流水""户户养花"，上关花即为"大理四绝"——"风花雪月"之一。西双版纳更是科学培育热带植物，引领推进绿满天涯。天时、地利、人和，使"彩云之南"郁郁葱葱，花木灿烂。

泸沽湖 岛上花木

尤其是云南的花，以其鲜艳夺目，沁人心脾，自是人见人爱，畅销海内外，为该省获得"七彩云南"的美称之外，又戴上"花卉王国"的桂冠。深圳人爱花，并最爱云南的花。盖因该省之花品质最好，香艳无比。深圳人早视云南为"后花园"，节假日常赴昆明、大理、丽江、西双版纳、香格里拉、腾冲、瑞丽、芒市等旅游名城和泸沽湖、玉龙雪山、蓝月谷、普者黑等旅游胜地，领略西南边疆奇美山川花木，感受云贵高原独特人文风情，并乐此不疲，相互推介。据《再说长江》播报，中国昆明的鲜花，凌晨三四点送上国际航班，早上六七点抵达泰国曼谷，随后呈现该城各个花市，为异国首都爱花市民带去画意浓浓的白天，也捎去中国人民的祝福。

大地葱茏 蓝山叶红

——生态澳洲之多彩悉尼

晨曦照临舷窗，唤醒夜航乘客。

窗外，云朵洁白如绒，缀在蔚蓝天幕，云层浩瀚似海，披满金色霞光，云团矗立成峰，搭起天上宫阙；翼下，大地翠绿如翡，沐浴初升朝阳，江河蜿蜒似带，穿行峻秀群山，村庄错落像玉，嵌在锦绣幽谷。

"澳洲到了！"从昆明启程，经9小时远航，客机终临南太平洋最大岛国上空，向着悉尼直进。遍地绿野，令我忆起飞越浙江、福建之满目葱茏。澳大利亚东南部，恰似中国东南部，地处温带，两面临海，紫气东来，熏风南来，植被繁茂，生态优良，山清水秀，宜居宜游，都是所在国地域精华，魅力充沛。

若言差异，与中国东南人烟稠密不同，澳大利亚东南村落不多，确显地广人稀。临近悉尼，建筑逐渐增多，却不密、不高，散落在万绿丛中，自然、疏朗，观之了无障碍，心旷神怡。该国国土覆盖整个大陆，资源丰富，但规划部门仍有序开发，合理用地，以人为本，精心设计，注重建筑与生态协调，体现人与自然和谐，优化市民生活，方便游客观光。

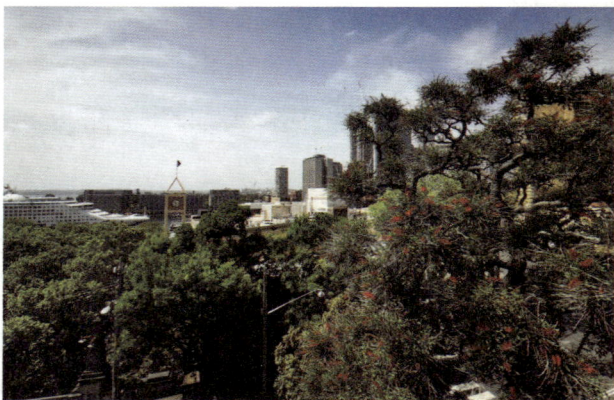

悉尼——"澳大利亚第一古城"焕发青春

悉尼，四万年前，人类即生息于斯。1770 年 4 月，英国船长库克航海经停此地后，其文明进程加快，并如春潮涌至各地。因此，它有"澳大利亚发源地"之称。如今，这座"澳大利亚第一古城"焕发青春，不但其所在的新南威尔士州大多数人口集聚于此，而且不少跨国公司地区总部、澳大利亚企业集团、金融中心、著名大学等都汇集于此，使之成为南半球的"纽约"、国际主要旅游胜地、20 世纪福克斯大型电影制片厂所在地、第 27 届奥运会举办地。

在游轮上观赏悉尼港壮丽风光时，我探寻这座城市的魅力之源。区位优越、气候温和、物产丰饶、文化多元，使其得天独厚。湾区海水流贯东西，深绿如墨；海港大桥飞架南北，凌空似虹；歌剧院落排列海岸，开放像梨。这些珍贵自然资源、先进桥梁技术、优秀人文景观，是悉尼立市之本、强市之基、兴市之策。悉尼港西承巴拉玛特河源头活水，东连波涌浪卷的南太平洋，港内海水洁澈弘深，意境优美，水汽氤氲，沁人心脾。澳洲先民遂邻水而居，并以此为"心"，向南向北拓出一城。海港大桥、海底隧道把两个半城融为一体。悉尼歌剧院颠覆传统的创意设计，吸引全球游客慕名而来，争睹这一世界文化遗产风采，有力促进澳大利亚与各国经贸合作、文化交流。

湾区海水流贯东西 深绿如墨

看游轮穿梭往来，卷起千堆雪；听海燕掠水欢歌，响穷九重霄，我深感：美丽催生繁荣，繁荣反哺美丽，两者相得益彰，共擎城市文明。

海港大桥飞架南北 凌空似虹

歌剧院落排列海岸 开放像梨

美丽催生繁荣 繁荣反哺美丽

　　悉尼大学主楼，内外都现大片绿地。如茵草地与古典建筑相映生辉，捧读学子与徜徉白鸽和平共处，悠然入画，令人流连。我与家人从主楼西侧出来，穿过古树繁茂的校园，走到整洁安静的教工宿舍区旁，在一家西餐馆坐下，一边品味咖啡，一边"百度"这所澳大利亚最古老大学。校训为"繁星纵变，智慧永恒"的悉尼大学，与时俱进，英才辈出，仅在技术领域，毕业生就发明了心脏起搏器、B超、黑匣子、CPAP呼吸机、人工耳蜗、真空玻璃、WIFI无线网技术。

悉尼大学 主楼外景

悉尼大学 主楼内景

悉尼大学 廊道秋光

与悉尼大学古色古香、秀丽自然、游人如织、鸽群醒目迥异，同在一城的新南威尔士大学建筑时尚，布局工整，广场、运动场错落有致，学子朝气蓬勃，藤屋绿意盎然。悉尼大学似古典小夜曲，舒缓、柔曼；新南威尔士大学如现代交响乐，明快、奔放。秉承"实践思考出真理"，这所后起的大学也"秀"出独特的风采，拥有世界首款纯硅量子计算机芯片、2016年世界最高效率光伏太阳能电池、卫星UNSW-EcO等。

悉尼大学 主楼墙面

新南威尔士大学 春在枝头

新南威尔士大学 建筑时尚布局工整

新南威尔士大学 广场运动场错落有致

新南威尔士大学 学子朝气蓬勃

　　我注意到：两所大学均无围墙。据悉，澳大利亚大学都不设围墙。这一"奇"景不仅还绿于民，体现亲和百姓，而且展示开放，彰显安全自信，需基于严密法治和良好社会条件，因此多出现于发达国家，在发展中国家则难"复"制。

　　澳洲居民乐享原生态，也欢迎游客分享原生态。当我和家人入住蓝山一木屋时，高大的森林成了无言的邻居，但鸣啭的群鸟打破了沉寂，它们列栖枝头引吭高歌，齐齐唱出"迎宾曲"，使我顿感鸟儿友爱人类，人类应善待动物。几对鹦鹉追逐、嬉戏，左右穿行，上下翻飞，如入无树之境，欢声笑语响彻林间，柔情蜜意洋溢空中。秋日把森林照得通红，仿佛新娘披上红妆；气温骤然升高，恍若村姑脸上飞起红晕。这是瑰丽的场景，也是幸福的时刻。然而，不作万里远游，哪有如此收获？世之"非常之观"，常馈"有志者"。秋风萧瑟林间，白云舒卷碧空，空气格外清新，精神为之澡雪。此时，我理解了木屋主人以森林为家园的初心。尽管后来他们迁至城市，出租木屋，但屋内家具、用品一应俱全，方便各国游客完整体验澳洲山居。当我弹奏钢琴，琴音悠扬，飞至林中，不知城里的房东能否听到？愿青鸟捎去我和家人对屋主的感激。

　　蓝山风景区，视野极开阔。触目皆是火红的枫树林，把百里原野"烧"成红霞一片。我见过神农架斑斓秋景，那是高山的"盛装"，需翻山越岭才得以领略；蓝山枫树林却生长在较平坦的旷野上，"织"出大地的"彩衣"，便于游人随心观赏。从蓝山观景台瞭望，远处几座雄伟的大山连绵开去，似断实连，不时呈现蓝色的景象。令我不解的是，一处蓝山，竟有红枫与蓝景并存。多彩悉尼，彰显澳洲魅力，蕴藏地球奥秘。

红枫映现碧空 黄叶纷披葱茏　摄影 陶静

蓝山色蓝 似断实连

绿野平旷 雅舍温馨
——墨尔本农庄春游

每见深圳花红草绿，我总想起去年国庆期间游墨尔本农庄的情景。

因南北半球季节相反，10月鹏城层林尽染，墨市却百花齐放，和煦的春风吹绿了郊野，金色的阳光照亮了翠林，平旷的草原漫涌向远山，笔直的道路遥指着南极，我的心仿佛飞越农庄，驰往更远的地方……

不过，那片凝寒的大陆不是本次旅游的目的地，于是我收回心来细察两厢：

蓝天白云映照下，原野风光旖旎，古榆树影斑驳，青草茵茵发亮，未见牧童横笛。牛低头吃草，一嚼一嚼，品味甘甜；羊体毛绵密，"咩咩"叫着，满山寻觅；马甩甩尾巴，竖竖鬃毛，迎风站立；鸟"啁啾"灌木，穿越树丛，振翅碧空。扛过冬天的动物，倾情大自然怀抱，尽享春日的欢欣，活泼远甚植物。

从墨尔本国际机场，到该市南郊农庄，车行约一小时。车主即农庄主，健硕的体魄使来客不敢相信他已79岁。驱车转行几段郊区公路后，他手指远方一抹蓊蓊郁郁的森林，不无自豪地说，他的农庄在那附近。

古榆树影斑驳 青草茵茵发亮

穿过柏树侧列的夹道，来到一座方正、典雅的民宅。车从宅后碎石铺就的停车坪开过，缓缓驶入宽敞的车库。一位70多岁的女房东笑声朗朗迎了过来，此时我恍若见到撒切尔夫人。原来，庄园主夫妇均系英格兰后裔，家族移居墨尔本已传数代。

停车坪碎石铺就 车库宽敞

围墙有实有虚 可睹远山风采

大院侧门

芬芳步道

放下行李，两家游客即在房东热情引导下，兴奋地观赏了农庄大院。大院颇具规模，涵盖东南北域，围墙有实有虚，可睹远山风采，花树盛放满园，桌椅配置雅致。细心一看，大院侧门还披挂红花绿叶，连接芬芳步道，洋溢浓情蜜意，使人如临婚纱摄影基地。

此宅坐南朝北，呈"王"字形结构。南北各有两房，均辟会客室；中部餐厅、厨房各二，其一摆放一台木质钢琴，另一置放一橱家庭组照；会客室、餐厅均设壁炉；长廊笔直，贯通南北。客房居南，为抵挡南极刮来的寒风，在南院之外砌了砖墙；主房居北，为接纳赤道吹来的暖气，房外不砌围墙。宅东大花园木栅虚横，铁门镂空，尽纳紫气；宅西停车坪柏树森严，列成厚屏，足抵烈风。谁能不认这是高雅、温馨的理想居所？

长廊笔直 贯通南北

午餐，吃英格兰风味食品（如炸鱼薯条等）。房东的饮食习惯，延续了祖籍国的传统。外来移民带来不同的饮食习惯（如意大利比萨、美国烤鸡、中国火腿、日本料理等制作和食用），

会客室

125

使居民的生活情趣更趋丰富。墨尔本现有233个国家、地区的移民，使用180多种语言。

共进午餐 觥筹交错

海纳百川，使该市文化异彩纷呈，服饰、音乐、电视、电影、舞蹈等均领潮流。

"你见过袋鼠吗？"女房东问。看我听不懂她的话，她就弯下腰往旁边一跳，一跳。我恍然大悟，急忙答："没有。"于是，农庄主驱车几十公里，把两家游客带到袋鼠公园。此地，天空格外蔚蓝，白云悠然飘过，碧湖春波荡漾，古树映日生辉。但我一心寻觅袋鼠，不太在意如画春景，终于在疏朗的林木下，在泛青的草地上，始见袋鼠真容。袋鼠像一只特大的老鼠，但可单腿独立，育儿袋可容一只幼崽，行走一顿一顿，喜欢趴在草地晒太阳，这时远看又像羊、狗。见我们大步走来，小袋鼠先是好奇观望，而后缩进育儿袋内，成年袋鼠一一抬头观望，表情不一，胆小的大步"顿"离，胆大的原地不动。

天空格外蔚蓝 白云悠然飘过 碧湖春波荡漾 古树映日生辉

始见袋鼠真容

　　公园游归，再探庄园。房东领我们去看未至的院场。沐浴夕阳余晖，南院美景尽展：

南院美景

红瑰掩身绿叶，金橘挂果青枝。
茂树夹道成荫，弱柳垂地为丝。

郁金香含苞欲放，油菜花灿若繁星。
君子兰摇曳生风，夜来香润物无声。

红瑰掩身绿叶

金橘挂果青枝

茂树夹道成荫

弱柳垂地为丝

郁金香含苞欲放

油菜花灿若繁星

君子兰摇曳生风

夜来香润物无声

秀丽的庄园连着浩瀚的牧场

　　我以为这个农庄就一宅三院，附停车坪。房东驾越野车载客人去赶羊回圈时，我方知秀丽的庄园连着浩瀚的牧场。几平方公里的青青牧场，绿锦般铺展在平坦沃野，棋盘似网格为十块区域，与苗苗茂树、郁郁远山、悠悠碧空，立体成画，意境高远。由于栅栏区分，农庄主每至一域，都先下车打开栅门，在牧羊犬的辅助下，让400多只羊有序通过，后关闭栅门，鹞子翻身上车落座。耄耋老人身手敏捷，管理有方，使客人无不惊叹！

　　我不禁沉思，这对老人儿孙满堂，又有国家高福利保障，本可迁居城内，安享晚年，却扎根远郊，勤耕荒原，不畏寂寞，不辞劳苦，为社会创造财富，让自己诗意栖居，使我想到搏战深海巨鱼的倔强老人，又使我想到醉心田园风情的出世诗人。

南极近邻仍是温馨世界

驰阅万里芳华

墨尔本早春昼暖夜寒。白天，游客沐着阳光奔向草原，感觉南极近邻仍是温馨世界；夜间，游客与东道主共进晚餐，寒气来袭，使人顿感春寒料峭，体会到此地昼夜温差较大。此时，庄园主按下开关，壁炉内炭火渐红，室温随之缓缓升起，餐桌上觥筹交错，主客间笑语盈盈。清晨，两家游客初识，由带团导游随机分至庄园主家，三家人素昧平生，但经一天聚游，都已宛若家人，使我感叹旅游活动亲和力强，"四海之内皆兄弟"的理念在墨尔本得到印证，而两家游客夜宿庄园主家，更使不同国家、不同民族的文化得以深入交流。

墨尔本农庄游 景观美 设施好 内容丰 人情浓

雅室生辉 琴音悦耳

农庄游是乡村旅游重要方式，为农牧业、旅游业跨界融合成功载体，20 世纪 60 年代兴起于欧美，后逐渐推广至世界各地。墨尔本农庄游景观美、设施好、内容丰、人情浓，令各国游客心向往之。中国农庄游肇始于 20 世纪 80 年代，起步较晚，但凭借优美山水、丰富人文、辽阔幅员、众多人口，将不为人后，灿烂若锦。我们要学习墨尔本等地的农庄游好经验，结合国情乡情融合创新，树起中国特色农庄游品牌，造福中外游客。

暾出晓云 澜起碧海
——黄金海岸穿越体验

　　银鹰在墨尔本上空转了一个弯，向着布里斯班飞去。秀丽的城市、湛蓝的大海淡出视野，多彩的原野、黛青的远山映入眼帘。

　　右舷窗下，辽阔的大地上花团锦簇，万紫千红，薰衣草草园、郁金香花田均以整齐的方阵接受朝阳的检阅，焕发明媚的春光，把墨尔本北郊、太平洋西岸装点得灿烂若锦，画意盎然。

　　左舷窗外，苍茫的天空下脉脉青山伸向远方，如凝碧的波浪齐齐涌去，引得游客心驰神往，遐思绵绵……

　　北飞行程4小时，感觉墨尔本至堪培拉一段地上风物最迷人。继5个月前南进悉尼俯瞰澳洲山川美景，我又当了一回幸福乘客。

　　还有什么交通方式可以让人游目骋怀异国风光？航班在布里斯班落地后，旅行团转往黄金海岸旅游，答案随之出现。

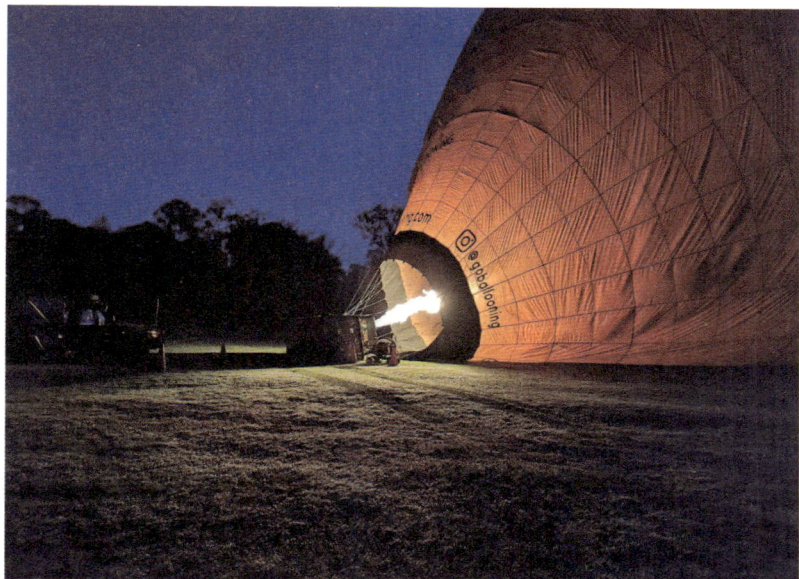

黄金海岸 热气球起降点

　　凌空御风，赏心悦目。凌晨 4 时，四野漆黑，万籁俱寂，旅行车悄然驶向黄金海岸热气球起降点。45 分钟后，在昆士兰热带雨林一处旷地，热气球起降点赫然呈现：一个巨大的红色球囊侧放在宽阔的草地上，一套完备的加热器正向球囊之内喷射白炽火焰，一辆结实的指挥车紧紧牵引着加热器。随着形体渐趋丰满，球囊逐渐"矗立"起来，颇似一个硕大灯泡，玲珑、通红，照得草地一片辉煌，在墨黑树林、暗蓝天空衬托下，格外醒目。随着技师一声令下，20 多名肤色各异的游客，都迅速进入气球下藤制吊篮，分别就座 4 个舱位。气球脱钩而起，凌空直上，留在草地的指挥车越看越小。蓦然回首，忽见一无人机悬挂空中，紧随气球，实施全程摄像，乘客顿感夜空不寂寞。在技师熟练操作下，气球御风而行，掠过山峦环抱的城镇，俯瞰河流蜿蜒的村庄。由于得到逐渐明朗的曙色辉映，地上风物渐显清晰：半亩圆塘一鉴开，长河岸树列两排，绿茵草地披锦绣，红顶民居焕赤彩。远处的黄金海岸高楼如木，疏朗有致，托举一轮朝日喷薄而出，把橙黄色的阳光染遍东方的天空。当我亲睹城镇和村庄，在晨光的召唤下，从睡意蒙眬中渐渐醒来，感到勤勉有益，大自然公平对待人类，人生应只争朝夕。

墨黑树林 暗蓝天空 逐渐"矗"起的球囊

难掩晨曦

喜沐朝晖

晨光唤醒城镇 村庄

　　激浪旋艇，惊魂动魄。上午10时，黄金海岸，快艇列阵金沙码头，如骏马扬鬃渴望驰驱。有"海上轻骑兵"之称的喷射快艇，果然身手不凡，在波涛汹涌的大海上如履平地，纵横驰骋，畅行无阻。无论是凌波起伏喷射顿挫，还是尾部甩出大滑移，甚至是360度连续回旋，它都应付裕如，游刃有余。波浪一片一片掠过快艇，乘客一阵一阵爆发惊叫，但见驾驶员娴熟操控，沉稳如磐。在完成多个回旋之后，驾驶员熄火快艇任其悠游，笑问乘客"痛不痛快""再来一次"？仿佛此时不在波涌浪卷的瀚海，而居风和日丽的闲庭。喷射快艇驾驶员都经严格训练，持证上岗，其高超艇技、过人胆识在大风大浪中同步练就，宽阔的海面成其才能巨大的砺石，壮丽的港湾为其人生出彩的舞台。冲浪、快艇，作为惊险、刺激的运动项目和旅游体验，迸发出人类创造的活力，凝聚着现代科技的成就，风格雄奇，形象峻美，在世界各国优美近海如花绽放。然而，若论规模之盛、声誉之隆，澳大利亚堪称一流，无愧其全球最大岛国的地位。令人惊喜的是，在快艇疾进的征程中，竟有海豚相伴！在艇边一米外，它跃出海面，凌空前行几秒后，落入海中，不见踪影。正当乘客失望之时，前面一只海豚忽然跃起，像先前的海豚那样惊鸿一现。如此情状，三次出现，使乘客不能不信，海豚致意乃家族行礼。如果大海真是人类的故乡，那么海豚就是人类的旧友。

曙色辉映 风物渐清

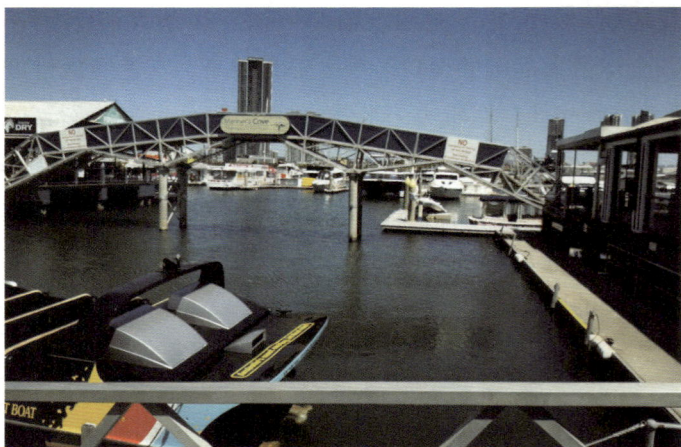

快艇列阵金沙码头

　　漫步濯足，沙黄水清。下午 2 时，旅行团来到黄金海岸的中心——冲浪者天堂，延续我们与海的前缘。天空蔚蓝，大海湛蓝，潮水清澈，沙滩浅黄，一幅色彩分明的风景画展现眼前。多国游客纷至沓来，欣赏此"画"：漫步金沙，游目骋怀；濯足浅水，神清气爽；投身碧海，心潮逐浪；卧体沙滩，沐日观云。此时，大海开始涨潮，碧波澎出层层雪浪，彩旗卷起缕缕春风，轰鸣之声不绝于耳，清凉之水漫溢沙滩，仿佛载歌载舞盛情欢迎七洲宾朋。游客们欢呼雀跃，庆幸圆梦……这是精美绝伦的海岸，世界著名旅游胜地，为实地体验此境，多少人倾其所有？然而，万里远游的收获，岂止岸水之乐？沙滩洁净无比，海岸畅通无阻，从中不可管窥东道主法治严密,规划科学,甚至立意高远,格局宏阔？窗外世界，精彩频现，可学可鉴，黄金海岸即为范例。返观我国一些海滩，虽拥背山面海之位，却缺洁沙净土之境，甚至素称"东方夏威夷"的魅力海滩，一夜之间被五星级酒店独占专享，令前来透气、观光的市民、游客都大失所望！鉴于海岸为稀缺、珍贵的国土资源，国家有关部门应严令禁止企业对其掠夺性开发和垄断性私享，并立法严格保护，使之成为大众共享的清洁美丽世界。

碧波澎出层层雪浪 彩旗卷起缕缕春风

万里远游 庆幸圆梦

精美绝伦的海岸 世界著名旅游胜地

水汽氤氲 波光粼粼 恍若澳洲威尼斯

　　登高望远，城阔岸长。因受气流、温度、地形等条件的限制，热气球只能于晨、夕两个时段在郊区凌空，乘客也就只能早、晚瞰到村镇景致，但登高却可随时一览城市风貌。下午 3 时，旅行团乘梯直上黄金海岸 Q1 大厦（寓意昆士兰第一高楼），在 322.5 米高的顶层观景台，环睹城市绝美风光，成员无不心旷神怡。该市内河矫若游龙，蜿蜒多姿，滋润了两岸空气，带起了一路繁华。而其颀长、秀美的海岸线外，碧波万顷，瀚海无垠，尽展南太平洋壮丽风光和宽阔胸襟，使游客不禁为之浩叹，感奋不已。在灿烂的阳光照耀下，黄金海岸的古老民居与现代建筑分区并存，似泾渭分明：前者房舍较小，多桥相连，水汽氤氲，波光粼粼，恍若澳洲威尼斯；后者琼楼高耸，间隔有度，紧邻碧海，时尚新颖，崭露都市之盛景。

紧邻碧海 时尚新颖 崭露都市之盛景

　　黄金海岸全长 42 公里，立于 Q1 大厦之巅，观南望北，都不见尽头，唯见碧海蓝天一线牵，高楼大厦拄其间。

　　一座城市，多个景区，固未足奇，但能在半天之内提供空中、海上穿越体验，随后延展海岸、楼顶立体观光，使游客见闻丰富、感悟深刻，则值称许。黄金海岸，就是这样一座城市。它因岸沙金黄而得市名，又因岸线漫长令人神往，不负得天独厚，无愧游客期望。

立于 Q1 大厦之巅 观南望北 都不见尽

波涛飞雪 雨林滴翠

——热带城市凯恩斯揽胜

凝碧的波涛澎湃出雪浪，含翠的雨林滴灌出幽潭。

鲜酥的牛肉飘逸着浓香，袖珍的小岛隐藏着墅院。

凯恩斯，热带风情浓郁。仲春时节，许多地方春寒料峭，它却暖如初夏，触目皆是树木的青翠，满耳都为雀鸟的欢歌，空气中弥漫着芬芳的气息，街道旁错落着纯白的酒店。

凝碧的波涛澎湃出雪浪

入住邻海酒店，夜闻街道对面演艺厅劲歌劲舞，晨见客房窗外一屋顶如砥如茵，至楼道看蕨类植物崛起中庭直插云天，出酒店赏热带雨林葱茏海滨遥接远山，我分明感到：作为澳大利亚东部最北城市，凯恩斯靠近赤道，早迎春暖，快出夏意，热带城市名副其实。

含翠的雨林滴灌出幽潭

鲜酥的牛肉飘逸着浓香

袖珍的小岛隐藏着墅院

空气中弥漫着芬芳的气息 街道旁错落着纯白的酒店

街道对面演艺厅劲歌劲舞

客房窗外一屋顶如砥如茵

热带雨林葱茏海滨遥接远山

凯恩斯 游艇夜泊

蕨类植物崛起中庭直插云天

上午 8 时，旅行车行进在通往道格拉斯港的海滨大道。大道朝北，全程 70 公里。东望烟波浩渺的大海，西看山势逶迤的群山，我的心如沐春风。因坐左边车位，尽览郊区风光：雨霁云收，山明野秀，林茂宅端，田平物阜。甘蔗金黄耀眼，等待收割，叶随风起，如在招手；成林成片，方正呈现，似在列阵，接受检阅。蔗糖、水电，是凯恩斯在商业、旅游业外两个重要产业。

凯恩斯 甘蔗林

硝烟散尽 情怀依旧

　　当我憧憬甘蔗丰收时，路边两辆坦克猛然入目，像要横冲过来，使我暗吃一惊！定睛一看，它们原是旷地展品。然而，两辆坦克炮筒昂起，炮口一致，高低成阵，迷彩浓重，仍显威风凛凛，引人注目。"忘战必危",国防教育应常抓不懈;"好战必亡",战争狂人都玩火自焚。当地政府建此景点,正如在凯恩斯公园矗起高大纪念碑,旨在警醒世人保卫祖国、珍爱和平。二战期间,盟军曾以凯恩斯为前方基地,进行太平洋战争。硝烟散尽,情怀依旧,这座城市值得尊敬!

游艇应召驰骋遂成 海上可睹动魄奇观

道格拉斯港到了。我没看到它壮阔的全景,但已一览其清丽的一隅。一艘艘游艇排列在宁静的水面,如一条条琴弦横陈在秀美的琴体。琴弦应激旋律顿起,空中可闻悦耳天籁;游艇应召驰骋遂成,海上可睹动魄奇观。蓄势待发,贵在有备;此时无声,已蕴绝响。

旅行团乘船出海。两小时后,阿金考特大堡礁呈现眼前。以各色礁盘为底,海面异彩纷呈,恍如玻璃铺于画桌,光彩照人。

阳光越来越强，大海越来越美。蔚蓝的天空翻飞着海燕，凝碧的波涛澎湃出雪浪。全团成员都入半潜艇，观看水下世界。鱼在舷窗扑闪，双目注视乘客，而后摆尾游离；海藻舒展长袖，起舞弄出清影，龙宫若现嫦娥。海上平台构有三层，顶层用于观光，中层提供餐饮，下层设置泳场。在瀚海的腹心，进此多功能平台，感觉似登海岛，安全感陡然增强，又觉如至乐园，愉悦感油然而生。

海上平台多功能 顶层用于观光 中层提供餐饮 下层设置泳场

　　犹豫以后，我终于鼓起勇气投入泳场。与海联通、生生不息的一汪碧水，犹带寒凉，却很澄澈，不但令人沉醉，而且富有情趣，大小不一、五光十色的海鱼游弋其间，不惧泳客，甚至与人擦肩而过，显示海洋世界的热闹、人与动物的和谐。开放包容的世界生机勃勃，封闭保守的地方死气沉沉，大自然以泳场的形式启迪我们：路该怎么走？人该怎么活？

155

大堡礁凸显海之瑰丽

热带雨林展现山之葱茏

棕榈湾背山面海华宅平整

棕榈湾旷地金黄风光旖旎

凯恩斯自然景观优美，生态旅游兴盛。大堡礁凸显海之瑰丽，热带雨林展现山之葱茏，双双成为世界自然遗产，吸引各国游客慕名而来。当我胸中尚在澎湃南太平洋的碧波雪浪，眼下却又摇曳最古雨林的青枝绿叶。

空中缆车向着山峰挺进，右瞰棕榈湾背山面海，华宅平整，旷地金黄，风光旖旎，就想再来此城时，到这度假胜地一游。

在红峰站下缆车后，凯恩斯雨林卫士王昱星引领旅行团至步道观光。她手指一棵钻天大树，介绍树上多种动植物共栖一巢，让游客大长见识。

多种动植物共栖一巢

此地树木高大，枝叶繁茂，悠悠碧空好像被隔在遥遥世外，但近午的阳光带着春天的温暖直透树缝，无数的叶片顿时焕发耀眼的清晖。仔细一看，紫红色光束四面照射璀璨林间，紫罗兰光束飞起连接大地青天。它们真是热带的奇景、雨林的神光，不远赴天涯海角，真不能躬逢其盛！

紫红色光束四面照射璀璨林间

紫罗兰光束飞起连接大地青天

条条气根裹着树干直插云天

这里的榕树气根发达，条条气根裹着树干直插云天。据说到一定阶段树干枯萎而死，气根取而代之。植物有其生存法则，动物有无类似规则？它们对人类有何启示？它们对人类又有何警示？

山麓上下鲜花难觅，却不费解。或许参天大树遮天蔽日，对花生长不利。真是"有一利必有一弊"。青草在此茂盛生长，有的还寄生树上，沿着树干一丛一丛间隔栖身，分布规律，颇显奇丽。雨林树叶明丽无比，或绿如兰，铺开枝头，或橙似光，辉映屋墙。蒲葵展开阔叶，有如孔雀开屏，在山间平地不仅夺目，而且暖心。

青草在此茂盛生长

有的青草还寄生树上

雨林树叶明丽无比

蒲葵展开阔叶有如孔雀开屏

瀑布飞泻层层跌落积水空明处处幽潭

当旅行团换乘续行缆车到达拜伦站，成员个个兴高采烈，直扑视野开阔的观景台：对面山崖瀑布飞泻、层层跌落，峡谷深处积水空明、处处幽潭。瀑布旁边，复古火车停车坐看山水盛景，恍如一道彩虹飞悬山间。我庆幸是在春天来，又值天晴时，见到此瀑柔软、洁白的身姿，瞰到此涧宁静、澄碧的潭水。假如是在夏天来，又当暴雨后，此瀑、此涧会是怎样一种状态？我注意到，在春风的吹拂下，瀑布漂移，而当风力减弱时，瀑布回归，如此往复，像在起舞。我还看到，崖瀑的灵动活泼与涧潭的凝重安谧，反差很大，却显和美。

此瀑名为"拜伦瀑布"，此峡名为"拜伦峡谷"，自天外而来经此峡而去的河流名为"拜伦河"，此站名为"拜伦站"，不知英国伟大诗人拜伦曾否莅临此地？黄金海岸南下 70 公里，一道海湾誉称"拜伦湾",它以这位天才诗人的祖父命名。拜伦祖孙,一为航海家,一为大诗人,都驰名澳大利亚东部蔚蓝海岸。

拜伦站观瀑台

拜伦站观瀑台不是土石垒砌而成,而是铁架纵横而就,有如镂空巧设,尽显空灵剔透,既省建材,又广视角。到此铁架平台,遥望峻崖秀瀑,近沐暖阳清风,此乐何极?其做法颇值他国景观设施建设借鉴。联想悉尼海港大桥都用铁材建成,我觉得澳大利亚善扬铁矿石储量丰之长,在工程技术领域独领风骚。

在往终点站——库兰达站的缆车上,目睹一望无际、郁郁葱葱的热带雨林,我的思绪如纵贯雨林的拜伦河般绵绵不绝……这是世界最古老的热带雨林,有一亿五千万年历史。在漫长的植物进化历程中,它经历多少岁月的风雨?又遭受多少野火的焚烧?

无从知晓。然而，其生存毅力之顽强，其生命活力之充沛，却是可感可知的。而其与湿地吸收二氧化碳，释放大量氧气，净化地球，美化环境，泽披万物，造福人类，更具卓越功勋！人类是万物之灵，也是森林之子。因此，我们应摆正与森林的关系，感恩森林，敬爱森林，保护森林，培育森林，永远与森林——"地球之肺"、人类之母同呼吸、共命运。

一望无际郁郁葱葱

　　中午在一处风景秀丽的牧场就餐。旷野栅栏外，几十头牛在悠闲地吃草。当鲜酥的牛肉香飘大厅，我明白佳肴的出处。澳大利亚重视发展畜牧业，羊群似烟霞弥漫山峦，故该国有"骑在羊背上的国家"之称，而"酷牛"也是其推广的品牌。

旷野栅栏群牛悠闲

拜伦河绵绵不绝纵贯世界最古雨林

　　下午3时，我乘坐小飞机出海俯瞰大堡礁。坐船两小时抵达之境，乘机15分钟即可领略。从空中瞰到的大堡礁景致，不及从海上亲历的优美，但仍显奇异。海水亦分区，深蓝、浅蓝迥然不同，呈现南太平洋丰富的景色、独特的意境。阳光照出海面下的礁盘，礁盘错落有致，却串"珠"成"链"，有如一条水下长城。交通方式不同，旅行效率就不同，这是容易理解的，然而，审美感受也随之各异，却是出乎意外的。之后一座袖珍小岛上，茂树围裹一家四合院，令人惊艳！笔者曾记游麓上桃花源，现该揽胜岛上桃花源了。

海水分区

水下"长城"

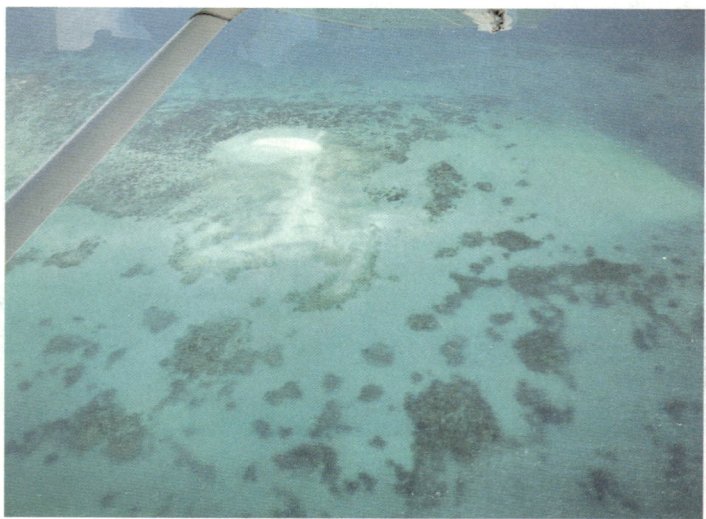

珊瑚海西部大堡礁奇景

树茂花繁 草绿湖秀
——墨尔本城散记

朝日凌空，春晖泻地。草坪泛金，鲜花绽丽。
晓雾弥野，白云漫麓。青山连池，碧空澄宇。

春晖泻地 鲜花绽丽

近沐庄园晨光 仿佛置身仙界

近沐庄园晨光，仿佛置身仙界；远望山峦黛色，已然神思飞越。

然而，庄园游已结束。惜别好客的女房东后，我们前往几十公里外的村镇集合点。

庄园主也对游客充满友好。他启动按钮，使车内升起音响的云；遇到骏马群聚芳草地，断树遗干公路边，总是停车提示乘客拍照；抵集合点后有半小时余暇，主动载乘客去游附近风景秀丽的鳄鱼潭。不仅把接待做到极致，而且把服务创造性地发挥，东道主的竭诚、果断感动我们。这对老人均已耄耋，却老有所为，余热生辉，夕阳火红，温暖世人，启示我们：无论何时何地，都应以自己的方式、能力友爱他人，造福社会。

优雅、慈祥的女房东，伟岸、热情的庄园主，像中国的老人一样可亲可敬，而其举手投足洋溢的风采，凸显异域文化表征，刷新了我们的眼界，长留在我们的脑海。

　　墨尔本城浓郁的春色同样令人神往。仅在皇家植物园外，河岸上的槐树向着碧空舒展青枝绿叶，就能让你敞开心扉；与虹桥垂直的草地焕发出诱人的清晖，印染着枝条的暗影。在皇家植物园内，古树众多，以至于在高天之上形成一口一口的"井"。"井"底是蔚蓝的天空，"井"沿是映日的枝叶。枝叶光彩夺目，反使树干黯然失色。阳光愈强，这种对比就愈鲜明。此时，鲁迅先生的话回响耳边："自己背着因袭的重担，肩住了黑暗的闸门，放他们到宽阔光明的地方去。"

皇家植物园内古树众多 蓝天成"井"

　　我想，这背光的树干更值得敬重：它托举明星的辉煌，却承受无名的寂寞；它做出最大的牺牲，却不求丝毫的回报。它使我联想到躬耕三尺讲坛的教师、"为他人作嫁衣裳"的编辑、浴血疆场的战士、以身殉职的医生等甘于奉献、勇于牺牲的无名英雄。树木密集，不同树的枝条前后重叠，自然形成"一门深入"的奇观，给人曲径通幽、别有洞天之感。有两棵树比邻而居，相互守望，同气相求，心手相连，均臻茂盛之境。也有一棵大树中分两干，直插云霄，足下青蕉环立，众草汇聚，蔚成壮观的植物群落。

鲜花无数，开在树枝上、藤蔓间、草丛中、岭石旁，千形万状，摇曳多姿，姹紫嫣红，芬芳馥郁，使游客目眩神迷，却不知其名。澳大利亚不少植物是其所在大陆特有的。因此，与奇树异木一样，奇花异卉也是这个岛国弥足珍贵的自然资源，令各国游客心向往之。当我面对从未见过、瑰丽无比的鲜花翠草，思绪顿时飞上广西猫儿山、新疆天山，眼前若现高寒杜鹃、冰山雪莲……

植物群落中分两干直插云霄 青蕉环立 众草汇聚

姹紫嫣红 芬芳馥郁

奇花异卉 瑰丽无比

　　一条观光路把游客引向植物园腹心。曲曲折折的步道两旁，花树掩映，疏密有致，不时显现鲜花卫士——剑麻的英锐。左边是伸向植物园腹心的深长草地。在一处草木稀疏的旷地，掠过低矮却极艳的花丛，我遥望那片草地的景致：毛茸茸的地上，一半是阳光普照处的浅黄，一半是树木投影处的深绿，展现出一幅明暗相间、异彩纷呈的风景画。芳草如此鲜美，光影如此分明，游客自是流连，市民定当常往。

芳草如此鲜美 光影如此分明

　　右边是开阔绿地连接着的秀美湖泊：荇草飘絮在水面，岸树倒影在水底，和风徐徐吹送，涟漪频频荡开。"所谓伊人，在水一方。"《诗经·秦风·蒹葭》的意境，在此重现。

开阔绿地连接秀美湖泊

圣派克大教堂古朴的外表与华丽的内饰对比鲜明。金黄的大厅、丰富的陈设、整齐的座椅、静谧的氛围为信众提供了精神港湾，也让游客感受了宗教文化。但游客最为兴奋的，却是大教堂外的喷水池景观：清流节节跌落，碧波粼粼漫涌。茂树映日生辉，尖塔破穹溢彩。作为南半球最高最大的教堂，它饱经百年沧桑，阅尽人间苦乐，风采依然，魅力独具。忽然，在大教堂尖顶上，出现一架大型客机。由于大教堂呈现多个尖顶，大型客机飞掠其上用时不短，使得地上观众得以从容拍摄，留下银鹰不少情影：大型客机像大鲨鱼悠游海上一般，翔浮在蔚蓝色的天空，银色的机体映着春晖，显现灵光，格外耀眼，令人神往，并使游客感受到了地面与天空、古老与现代和谐相融。

清流节节跌落 碧波粼粼漫涌 茂树映日生辉 尖塔破穹溢彩

南半球最高最大的教堂——圣派克大教堂 饱经百年沧桑 阅尽人间苦乐

　　悉尼繁华，享誉南半球的"纽约"；墨尔本优雅，素称南半球的"伦敦"。走过棕榈婆娑、春波荡漾的墨尔本母亲河——雅拉河，乘坐19世纪复古马车，巡游墨尔本具文艺范的大街，我品读这座历史文化名城。无奈行程匆匆，风尘仆仆，结果什么都未记住，就连拍照也忘了实施。走马观"花"存憾，下马观"花"补缺。我们沿着大街小巷漫步一周，终有所获：在一条巷道，见一面涂鸦墙，一位画家正站在升降机上挥毫作画，随着他那笔的灵动，墙上彩画魔术般显出。在他绘出的壮汉旁边，另外一幅画的主角——海豚注目行人。在澳大利亚最早的火车站——弗林德斯街火车站斜对面，一名小学女生正在人行道边对着圣保罗教堂写生。她边看边画，手法敏捷。身后车水马龙，她却心无旁骛。那副专注神情，预示澳大利亚美术多彩的明天。

澳大利亚最早的火车站——弗林德斯街火车站

菲兹洛伊花园树木稀疏，草地开阔，夕阳清晖遍洒绿坪，座椅无人尽显空灵。经历一天奔波，到此大片旷地，顿觉精神松弛，不禁感激导游。人是生物电池，晨起精力充沛，正如电力充足，此时引导团友游览花木繁茂的植物园，可谓正当其时，可以人尽其才、物尽其用；日间体能尚可，亦如电池有电，此刻安排团友参观教堂、巡游市区，亦为符合实际，可以顺利推进旅游；傍晚精力较差，恰如电力变弱，这时带领团友漫步花园，就是顾及现状，以便圆满结束行程。

菲兹洛伊花园 夕阳清晖遍洒绿坪 座椅无人尽显空灵

　　园内建有库克船长小屋，小屋原样移自此航海家的祖国——英国。正面半壁绿叶，门上白窗，门内隐现库克船长俊伟的容姿；侧面爬满青藤，古朴沧桑，使我联想到为建三峡水库，当地政府将张飞庙整体搬迁。按照"不改变文物原状"的原则搬迁文物，难度颇大，但是澳大利亚、中国都做到了。对起进步作用的历史人物，东方西方同钦，南北半球共敬。凝聚民心的纪念工程，惊涛不足惧，关山度若飞。

库克船长小屋 原样移自他的祖国——英国

库克船长小屋侧面 爬满青藤 古朴沧桑

翡翠岛国之东岸拾珍

　　赤道以南，南极以北，万顷碧波簇拥一翡翠般大岛；印度洋东，太平洋西，千里橙光照耀一锦绣似国家。这一岛、国，就是澳大利亚。

　　作为全球最大岛国，澳大利亚极具滨海旅游资源。2019 年 5 月、10 月，本人两次携家人赴该国，纵览东岸四城，馨享美的旅程。墨尔本，悉尼，黄金海岸，凯恩斯，风光壮丽，旅游兴盛，经济繁荣，文化发达，南北串接宛如珍珠项链，山海相连尽展风情画卷。

雅拉河边 蓝色的楼宇展现墨尔本雄姿

万顷碧波簇拥——翡翠般大岛

千里橙光照耀——锦绣似国家

　　雅拉河边，蓝色的楼宇如一条条积木，方正竖起，托举蔚蓝的天空，展现墨尔本雄姿；杰克逊港内，远洋班轮像山一样停靠

在环形码头，垂
下数条蓝色的缆
索，系在岸边加
固的柱子，彰显
悉尼的开放；All
Star 酒店门前，
高大的棕榈树排
列成行，梢部枝

杰克逊港内 远洋班轮彰显悉尼的开放

叶连成一片，远观若"垂天之云"，"云"下夕日悬在几棵树干之后，橙色的光辉照亮了黄金海岸远处山峦；大洋腹心，碧波漫涌，小艇过处，雪浪翻腾，兀地崛起一座"海上长城"——阿金考特大堡礁，以伟岸的身躯拱卫万千生灵，以缤纷的色彩呈现礁盘绝美，以飞掠的清流欢迎七洲宾朋，以沧桑的巨变启迪有志之士。

All Star 酒店门前 橙色的光辉照亮了黄金海岸远处山峦

阿金考特大堡礁 大洋腹心 礁盘绝美

　　车行砂岩高原，目视连片霜林，我觉悉尼已至深秋。蓝山索道站车库通透，周边密林空气清洌。在索道东站，隔着断崖深谷，遥望索道西站绵延开去的砂岩高原、时隐时现的彩色房顶，我不禁心向往之。空中吊车载着游客西行，玻璃舱呈长方体，舱内游走自如，舱外满目葱茏，巨大的峡谷往南往北伸向远方，谷底的森林绿意盎然引人遐想。忽见一练银瀑自西壁奔泻而下，经几层跌落，在一片岩石区冲积出一池碧潭，犹如点睛之笔，使平静的大峡谷生气勃勃，水雾弥漫。谷底森林，随风摇曳。水雾密集区域，颇显风雨凄迷，使人难以置信山上竟是丽日晴空！在黄果树、长白山、黄山等多处旅游胜地，我曾数次行走，奔至山脚，仰望瀑布从高处飞流直下的英姿，感受扑面而来的水汽，觉得头脑特别清醒，心肺特别舒爽；而今无需跋涉，竟能高居瀑布之上，轻松作云上观，这应感恩高科技的威力，却缺失接水汽的乐趣。

　　为多接地气，抵索道西站后，我和家人不去乘坐旅游大巴，沿着公路悠然前行，观赏砂岩高原特有风貌。此路行人稀少，但修得工整，两厢古树繁茂，野花盛开，特别是坡岭之上，山花万点，如缀繁星，令人喜出望外。左转右转几个弯后，我们行至一条朝北的大道。大道两旁，民宅错落有致，花树掩映其间。房都不高，都显端庄，蓝色的顶与天协调，红色的墙与花和谐，比油画立体，比雕塑灵动，比城市清净，比山村现代。

　　当我们惋惜不能走近这些彩色的房子时，却在距大道终点几十米处，右边出现一个深长、美丽的"童话世界"：一条道路向东延伸，南部为古树林区，树干高大，梢枝相连，阳光照亮几树红叶，使秋色更加浓艳动人。一条曲径通向一座两层民宅，此宅背依一棵更高的树，昭示澳洲居民重视利用原生态，力提生活品质；北部为花园别墅，漫道红叶热烈迎客，满园花树笑意可人。连续几个花木扶疏、多姿多彩的园林之后，出现一家典雅、别致的酒店。据悉，此酒店由悉尼第六任大法官的居所改造，故显雍容、华贵。因处蓝山风景区的核心镇卡通巴，并居卡通巴镇最北边，此宅可望世界自然遗产——大蓝山山脉。"采菊东篱下，悠然见南山。"诗意地栖居，悠然地生活，不仅是中国诗人的追求，而且是澳洲官员的向往，当属人类不易实现却很有价值的共同梦想。

世界自然遗产——大蓝山山脉横跨东西气势如虹崛起正北耸入云霄

驰阅万里芳华

前行不远，我们到了蓝山风景区观景台。一条巨大的山脉横亘于前，东西走向，气势磅礴，山上山下，翠蓝一片。平生阅山无数，然而，如此雄伟、恢宏的大山，确实未曾见过，而其蓝色的气象，亦为世所鲜有。

左观西北部的姐妹峰，丹崖似红装，焕发三名"少女"豆蔻芳华，她们忘情于远山，不知自己都成了风景。三清山女神峰尽可与之媲美，惜秀姑独座，不免孤单；纵观蓝山长长山脉横跨东西气势如虹，崛起正北耸入云霄，我慨叹这座山真是天地间的伟"丈夫"，武夷山大王峰雄巍在其之上，但论宽广则显不及。蓝山中段偏西部位出现一处"U"形峡谷，此峡不如长白山"U"形峡谷深切、典型，但透过这一浅浅的峡谷，游客可见山外有山、重峦叠翠；右观深谷对面高原，平坦若张家界一些山顶，但其层叠砂岩与后者的柱状群峰迥异。蓝山桉树遍地生长，桉树滴液被太阳照射后释放蓝色气雾，蓝山因此得名。

库兰达终点站 蕨类植物桫椤树立两厢如霞弥漫

　　四面环海，水汽氤氲；东部多山，雨量充沛。得天独厚的岛国、区位条件，使澳大利亚东部植被繁茂，河流众多，生态作用突出。蓝山秋游，层林尽染，然而，乘空中吊车返至索道东站前，大片蕨类植物映入眼帘，似云飞来，清秀轻盈，使人忘季。不知其怎么"咬定青山"、立根断崖？近半年后，春光明媚，坐缆车抵达热带雨林库兰达终点站时，又见蕨类植物桫椤树立两厢，如霞弥漫，使我像遇故人。蕨类植物保持水土，涵养水源，是生态功臣；可以入药，适合酿酒，是人类益友；如弱柳迎风，非劲树啸风，却穿越3亿多年，渡尽劫波今犹在，青山碧水展风采，其土生、石生、陆生、水生皆宜的生物特性，给予人类深刻的启迪。

库兰达终点站商店

　　墨尔本市场，鲜蔬佳果摆放规整，格局典雅。悉尼市场，奇花异卉光彩夺目，品味不凡。黄金海岸 Q1 大厦——昆士兰第一高楼，火红的杜鹃花在宽阔的阳台上迎风怒放，仿佛高明的指挥家正在引领绿植乐队，整齐地演奏着《春天交响曲》，纷至沓来的游客驻足仰望，沉浸在天籁之中，以至于遗忘此前还在世界著名海岸——黄金海岸沐风观海，追波逐浪。凯恩斯——澳大利亚东部最北城市，热带雨林并蒂大堡礁盘，花开世界自然遗产之林；峻秀群山携手锦绣湿地，支持昔日盟军太平洋战争前方基地，转型成为当今全球最理想的居住城市之一。

凯恩斯 热带雨林并蒂大堡礁盘 花开世界自然遗产之林

凯恩斯 峻秀群山携手锦绣湿地 转型成为全球宜居名城

　　布里斯班河静静流淌，徐徐清风带来湿润的水汽。挺拔的树木沿着河岸自然生长，护卫着布里斯班的母亲河。彼岸的房子纯白、疏朗，伴随着河流伸向远方。此岸的龙柏考拉动物园，在春天的阳光朗照下，显出清晰的轮廓。考拉居所，游客如潮，争睹这一动物萌态。一名澳洲少女一把抱起考拉，仿佛再无所求，却成一道风景，任凭游客拍照。叶丽君导游说，考拉白天视力差，喜安静，适合观众亲近。不知下午五时恢复良好视力后，它将如何活跃？龙柏考拉动物园一处观赏区，玻璃窗内藏有澳大利亚特有动物——鸭嘴兽。它的嘴和脚像鸭子，身和尾却像海狸，可谓长相奇特，而其卵生却归属哺乳动物的"破圈""跨界"，更是生命奇迹，吸引达尔文环球科考时赴澳大利亚探究。

悉尼市场 奇花异卉光彩夺目 品味不凡

黄金海岸 Q1 大厦 火红的杜鹃花迎风怒放 仿佛高明的指挥家正在引领绿植乐队

翼下凯恩斯 葱茏海滨城

布里斯班河静静流淌 徐徐清风带来湿润的水汽

　　从人、动物都喜欢临水而居，我确信，水作为万千生灵的养料，是开创家园的前提，是繁荣城乡的要素，是美化环境的资源，是活跃旅游的秘诀。雅拉河哺育墨尔本，巴拉玛特河兴旺悉尼，奈蕴河滋润黄金海岸，布里斯班河带起布里斯班，拜伦河穿过凯恩斯……澳大利亚东部不少城市都因河而兴；长江、黄河分别流贯 11 个省份、9 个省份，共同孕育了中华文明。这些事实，足以表明水对城市建设、国家发展、人类幸福、文明进程至关重要的作用。

龙柏考拉动物园 澳洲少女一把抱起考拉 仿佛再无所求 却成一道风景

第二篇　往事云烟

春晖成冬日 感恩宜早行

　　动车东去，气势如虹，鹏城鹭岛，朝发午至。

　　2018 岁末，北国霜凛雪霏，天苍野茫，粤东、闽南却日暖风和，山明水秀。惠州、汕尾、揭阳、汕头、潮州、漳州，厦深铁路所经 6 市，无不蕉丛遍野，荔林满坡，木瓜果硕，蒲葵叶阔……

　　亚热带风光旖旎，我却心系远方。母校暌违已久，不少老师未访。视频可助沟通，不及面叙亲切。倏忽年过半百，老师更已耄耋，错过探访时光，必将徒留懊悔。半载著文数篇，央媒刊后，反响强烈，底气谁赋？知识是光，无知是暗，光明谁播？自学成才的作者，尚知感激编辑；久沐春晖的学子，更应感恩园丁。求学路上，每个阶段老师都为我争取助学金，甚至慷慨解囊，使我真切体会到：师者，不仅传道授业解惑，而且扶危济困急难，教学有方，爱生如子，乃人之楷模也。一日为师，终身为父；三春之晖，寸草当报。闻一老师住院，我放弃旅游计划，返回闽南，专访老师。

　　在厦门大学，我走访了中文系 3 位老师。我抵郭启宗老师家时，他已在楼下等候。路灯下他老人家须发皆白，身躯还像南山苍松那样挺拔，我叹岁月催人老，却喜老师身犹壮。在我和郭老师促膝谈心时，秦婷媛师母悄然摄录照片、视频，留下回味资料。

与郭老师原在中文系主持文艺理论教学不同，秦师母原为自动化系教学秘书，较年轻。见她细心、机敏，对82岁的老伴体贴备至，我欣喜郭老师晚年幸福。由于身世较特殊，在校时我劳烦郭老师不少，至今犹感愧疚，但他再忙，也放下事务，热诚回应我提的问题，家人亦不厌其烦。他及时点拨、帮助，常使我茅塞顿开、克难解困。在我的毕业纪念册上，郭老师题写："卓越的人，一大优点是：在不利与艰难的遭遇中，百折不挠。——录贝多芬语与维斌同学共勉。"他说，人生道路不会一帆风顺，希望我万难不屈。送别学子，或挥毫"向着未来，永不满足"（庄克华老师题词），意在策励；或落墨"海云漠漠海边楼，送尽乘风万里舟。知君自有鸿鹄志，送君不作别离愁"。（应锦襄老师赋诗），笔调乐观。郭老师题词却颇具忧患意识，使我对征途坎坷有思想准备。师之仁厚，岂在授业学生一时，还在关爱学生长久。当我情绪低落，郭老师寄语"一切都会好起来的"；当我境况好转，郭老师慰勉有加。后来，他升任中文系系主任，教务繁忙，却一直牵挂我这普通学生，时常打来电话嘘寒问暖，使我感到无论走多

南普陀前1993年与时任厦门大学中文系系主任郭启宗老师合影　　摄影 厦大学生

远，春晖照多远。师生音讯不断，忧乐与共，绵延39年，如东海波连南海。

197

次日，郭老师夫妇带我走访邱觉民老师、颜剑飞老师。邱老师原为中文系办公室主任，1982年暑期照顾我勤工俭学，让我在全国高校《大学语文》教师培训班做辅工。此举既雪中送炭资助我学费，又深谋远虑培养我办事能力。邱老师严于律己的风范给予我最早的廉政教育。学员结业后赴泉州考察，邱老师不准亲属随团前往，让我随团辅工。在几十年工作岗位上，我时时提醒自己，要像邱老师那样，廉洁奉公，不谋私利。在反腐败浪潮中干部屹立不倒，当年老师言传身教起到了铸魂作用。大学毕业一年，我曾返校看望邱老师。33年过去，她已认不出我了。半晌，她才忆起这昔日清寒学子。87岁的邱老师秀发飘雪，玉树临风，目光依然敏锐，使我恍若回到当年，在她指点下深入学员宿舍听取诉求，而她看完我记录的三言两语，就能及时回应解决问题，满足教学急需。邱老师以其精干果断，带出一个高效能政务系统，保证了全系教学、科研正常运转。这次走访邱老师，我方知她有一个事迹感人肺腑：把升一级工资的机会让给一名生活较困难的同事。作为印尼归侨，她满怀壮志参加新中国社会主义建设，1956年以调干生考入厦大中文系，毕业后留系工作。其爱国热忱、奉献美德，彰显校主陈嘉庚先生榜样的力量。

颜剑飞老师原为中文系写作教研室副主任，主讲大一新生记叙文、议论文写作，以教学严谨、评语精准闻名。入学一月，拙作《中秋夜》获颜老师在班上讲评后，我明白了主题的鲜明、新意至关重要，文章的层进手法可引人入胜，语言简洁通畅是基本要求。在后来的教学中，他强调"结构文章相当重要"，关系主题表达。颜老师揭示学生能力特征入木三分，对学生一生影响深远。2018年3月至9月，我投《工人日报》4篇游记，均获刊发，被人民网等 10 家媒体转载，其中 2 篇被中工网评论频道重点推荐。首篇《麓上桃花源 陶潜族人地——圣灯村陶家故园游记》在《工人日报》副刊头条登出后，获中国散文网等单位组办的第四届"中华情"全国诗歌散文联赛金奖，被中国文化出版社选入相关文集出版。提笔之时，想到颜老师对我能力倾向的评析，我毅然聚焦散文，深耕游记，现在看来，方向正确。我将坚持旅游、写作，争取游记结集出版，回馈母校三春之晖。

受教 38 年后 专返母校厦门大学看望颜剑飞老师和陈钟熙师母　摄影 秦婷媛

　　本次母校行，我最牵挂的是庄钟庆老师！大四一年，我先后选修庄老师开设的"茅盾研究""论文指导"两门课程。他以当代文学研究家的渊博学识，引领一批莘莘学子、进修教师步入较为高深的学术殿堂，讲课风采洋溢，精见迭出，极富信息量、启发性，课后逐条回应学生、进修教师对他享誉国际的专著《茅盾的创作历程》所提的各种问题。对难以回答的问题，他坦言"回答不了"，显示了学问家的担当、诚实，为晚辈学人树立了楷模。结合"论文指导"课程，庄老师给 4 名本科生系统传授毕业论文写作的方式方法，使这组学子受到严格的治学训练。本人有幸忝列门墙，感觉收获很大，后来在工作中常用这些方式方法，成效显著，使我对他感激不尽！遗憾的是，因庄老师住院下决心返母校的我，在校三天却不敢联系他老人家。此前庄老师的女儿告诉我，她 87 岁的父亲病情较重，需闭门谢客疗养半年。

生我者父母，教我者老师，助我者亦老师。春晖成冬日，感恩宜早行。大、中、小学未走访的老师，有机会我去看您们！

南山涧水奔向东海

南山有松，郁郁葱葱；松下有涧，清泉奔涌。

昼显澄澈，夜鸣淙淙；百转千折，终入海中。

故乡小池常入梦，最忆是涧水：出远山，穿幽峡，过小巷，聚人气，脉动一泓澄碧，造福一方生灵。

涧水清纯，质量优良：手捧直饮，解渴提神；勺舀蒸煲，饭香汤甜；池浸濯洗，衣净物洁；桶装灌溉，蔬绿果溜。

涧水深泓，景观优美：筑坝成池，有如碧潭；水满则溢，汨汨东去。游鱼闪躲，小虾起落；荇草飘忽，波光隐现。

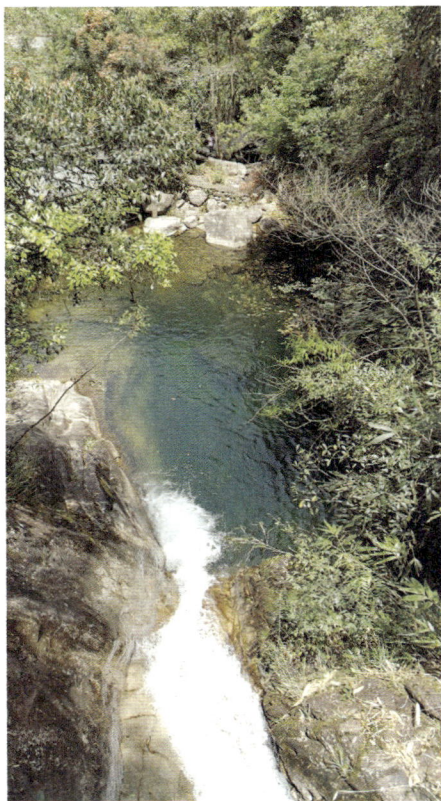

青山的乳汁 生命的养料 江海的源泉 家园的灵魂

　　春风吹皱涧水，桃花梨花应时而开，嫣红雪白争奇斗艳；蜜桃赤梨接踵而熟，枝叶纷披掩映其间。男孩爬树摘桃，欢呼雀跃；女孩临池洗梨，笑靥如花。夏季涧水清凉，使人爱不释手，而或山洪爆发，一泻数米，横溢巷道，浪浪惊心！秋日朗照山涧，池水常显空明，目光盘桓此处，心境焕然澄清。隆冬天寒地冻，涧水却蕴温暖，令人喜出望外，顿觉山川有情。

　　涧水所经小巷，居南山村东口，隔村腹地数里，故名隔口。隔口6户人家，临水而居，对门而栖，因祖辈从各方迁徙至此，姓氏均不同，但惜缘相助，休戚与共，和谐巷风世代传扬。在这涧水清流、桃花盛开、邻里关爱、古韵浓郁的地方，少儿潜心读书，搭建进步的阶梯；青壮安居乐业，耕耘希望的田野；耄耋颐养天年，沐浴温馨的晚霞。山川资俊秀，僻隅亦峥嵘。携大森林精气而来的涧水，日夜滋养着隔口灵性。伴随祖国改革开放征程，隔口走出了播洒文明的书店经理、光彩照人的舞台主演、诲人不倦的大学教师、忠于职守的机关干部、技术精湛的国网高工、英姿飒爽的部队军官，也嫁出了风姿绰约的贤惠新娘……

　　南山涧水征途远，百转千折入东海。它出隔口，进小池溪，上承连城县万安溪，下启九龙江百里程。福建第二大河九龙江，始发龙岩，流经漳州，终抵厦门，汇入台海，全长258公里，纵贯闽西南12个县（市、区），滋润着清新福建的半壁江山，支持着海西腾飞的重要一翼，洋溢着青春中国的东南风采，吟唱着青山碧海的深沉恋歌。当我想到故乡小池南山脚下这道清流，竟是八闽母亲河正源活水之一，感恩之余，更生敬意！南山涧水虽纤细，但它携手众多幽谷清泉，终于聚成滔滔九龙江，串起悠悠三地情。1932年4月，红一军团自龙岩顺流而下，攻占漳州，威震厦门；抗战军兴时，厦门大学从鹭岛溯流而上，穿越漳州，播迁龙岩。闽南知青，插队闽西山乡列首选；闽西学子，负笈闽南高校成常态。

南山涧水征途远 百转千折入东海

涧水，青山的乳汁，生命的养料，江海的源泉，家园的灵魂。奔腾是您的性格，"天行健，君子以自强不息"；顽强是您的毅力，"创业艰难百战多"；奉献是您的美德，"但令身未死，随力报乾坤"；清纯是您的本质，"质本洁来还洁去"。

南山涧水，畅饮您的琼浆，我的生命茁壮成长。幼年、童年、少年，17载并不短暂。您不舍昼夜流经隔口，随时馈赠我珍贵的恩泽，却不求回报，一路前行，持续造福万千生灵，即使融入瀚海，也激浊扬清，升为碧空云霓，而后化为甘霖，普降大地，循环往复，生生不息。您启迪世人：小分子可有大格局，正能量方与天地存。

　　南山涧水，徜徉您的身旁，我的生活充满阳光。日日看着曲水流觞，诗意的想象展翅飞翔；夜夜听着弦歌不辍，梦中的世界山水含芳。当我追寻您的足迹，就读碧波簇拥的厦门大学，朝晖夕阴，多在海中领略。这情形只缘：雪浪中有您的倩影，浮力中有您的能量。

高墙电网撼人心
——参观深圳监狱有感

三重铁门，高墙电网，栅栏紧裹，摄像密布。当参观者整队进入深圳监狱，目睹森严的警卫，耳闻沉重的闭门——"哐当""哐当""哐当"，谁不受心灵的震撼？

广东省深圳监狱，建在深圳市坪山区，监管刑期 15 年以下的深圳籍罪犯和刑期 10 年以下的非深圳籍罪犯。为加大廉政建设力度，深圳市经贸信息委直属机关党委组织内设机构、直属机构领导干部，于 2018 年 9 月 27 日上午，前往这所模范监狱接受警示教育。

穿过高个特警紧牵警犬严密监管的大院，在狱警的引领下，一百多名公职人员次第走进囚犯宿舍，登上二楼。此时二楼每间宿舍均无一人，被褥折叠整齐，却无空调机，无蚊帐，无蚊香，摄像头从两头互对楼道，楼道铁网笼罩。大院墙壁上书写的"惩罚与改造相结合，以改造人为宗旨"的监狱工作方针，实时诠释了宿舍各种"异"象。

作为警示教育另一环节，狱警带参观者到监狱活动中心礼堂观看录像。录像播放一囚徒的《忏悔录》，此囚原为内地某基层机构负责人，因受贿 4 万元，获刑 4 年。他声泪俱下的道白，透出无穷的悔恨。他锒铛入狱后，76 岁患病老母来狱探视，相视无言。其妻却说在家乡抬不起头，很想替他坐牢，躲开锥心议论。其子考上大学，心灵亦蒙阴影。一人受贿，深陷牢狱，连带三代家人痛心，也令原来单位蒙尘。现实生活中，不也有类似的案例吗？教训深刻，警醒世人："手莫伸，伸手必被捉。"（陈毅：《七古·手莫伸》）在大是大非面前，公职人员务必头脑清醒，行为自律，抵得住诱惑，守得住底线，任何侥幸心理都要摒除！

在播放录像前，狱警廉政授课透露，一年前带队参观深圳监狱的某部门负责人，后竟入此监狱服刑，刑期更达 5 年，见到授课狱警，还问老师认不认得他？前赴（腐）后继，腐毒难除，即使开展警示教育，效果也是有限的。所以，"作风建设永远在路上"，不仅是科学判断，而且是真实写照。为害愈烈，惩处愈严，形成了贪腐递进、治贪从重的规律性特征。

在参观队伍步下楼梯时，从大院进来三个穿囚衣者。他们一见参观队伍过来，立即蹲伏在门内另侧，待参观人员快走尽时，他们才站起来，从另外一边走向楼梯。囚徒中不乏昔日位高权重者，而在监狱他们见人就蹲。此种反差，令人深思。对公职人员而言，廉洁是职业第一块基石。对领导干部来说，廉洁是尊严真正的脊柱。

当市直一部门人员排队进场时，区直一部门和一公益机构人员也在通道。数路纵队，几百队员，浩浩荡荡，蔚为壮观。从中可见，警示教育已在鹏城大地蔚然成风，它昭示深圳政治生态愈趋清明。

"哐当""哐当""哐当"，声又在耳。当参观队伍步出深圳监狱时，三道铁门重重落在后面，犹如警钟常鸣。半天参观，一生震撼。警示教育以身陷囹圄失去自由、体受刑罚被迫改造的贪腐恶果，警示领导干部遵纪守法，虽不是万能、但也是高效的廉政教育。领导干部应多接受这种现场感很强的"震撼"，保持廉洁奉公。新招录的公务员也应组织到监狱参观，开启对其廉政铸魂。

高原春暖沁心扉

——对尹导、木师傅的表扬信

丽江市黑白水国际旅行社有限公司：

本人是深圳市经济贸易和信息化委员会公务员。今年"五一"期间，我参加深圳中国国际旅行社有限公司"品质游"组团，游览了丽江、迪庆两地泸沽湖、噶丹·松赞林寺等10个景点，实现了20多年来的夙愿，收获之丰为近年来所仅见。

此行，我拍摄了1400多张照片，及时选发了60多张配上文字的精美图片，在120多名亲友的圈子中产生了强烈反响。许多亲友羡慕之后纷纷表示，一定要去上述三地旅游，领略滇西北奇异风情，感受云南省发展成就。

是谁使我们旅行如此顺畅，过程这般愉快，收获个个饱满？组团社与地接社自然是团友们主要感谢对象，两家公司精密组织，无缝衔接，保证了"淳味中国行"的品牌效应。其中，贵公司导游尹龙波、驾驶员木师傅（车牌号：云P13031）分工协作有方，执行力强，表现出高度的敬业、奉献精神和扎实、灵活的能力，充分展现了丽江旅游诚信、友好的形象，深深感动了全体团友。大家一致委托本人致函贵公司，建议一定给予两位优秀员工以表扬！

尹导事迹：

一是感冒仍坚持工作，按时保质保量完成工作。看到她一边咳嗽，一边协调事务，工作细致，毫不含糊，团友们都油然而生敬意。尤其是上海拔 3300 多米的香格里拉，登海拔 4506 米的玉龙雪山，她全过程保障，精准服务，妥善周到照顾 50 多岁的同志，使穿越高寒危险区域的 10 名团友都安然无恙，尽兴而归。

二是包容健忘者，及时帮助遗失物品的两位团友找回失物。住丽江第一晚，我遗忘华为手机充电器一件，冰峰经理也忘带一套衣服，但到香格里拉当晚，我们才发现问题，报告尹导后，她很快就查清了物品遗失在哪里，给我们安心的答复。回到丽江当晚，安排我们吃完晚餐后，她步行前往嵌雪楼酒店，帮助我们取回了失物。这时，我深责自己一时疏忽，竟额外增加了尹导的工作量。而她奔波来回，却毫无怨言，脸上始终是友爱的微笑，使团友感觉高原春暖，暖到心里去了！

三是急团友之所急，发挥当地人的优势，帮助团友解决就餐、购物等难题。由于旅程安排几顿晚餐由游客自己解决，但游客人生地不熟，找个餐馆颇觉费劲。这时，尹导总是应团友之急请，较快找到合适的餐馆，让大家就餐。一些团友主动要求购买三七、紫丹参等云南特产，但不知道哪些门店药品可靠，就都再请尹导做向导，而尹导也耐心地加以引导。我购物时信用卡余额不足，当我感到为难，尹导挺身而出，用她的信用卡帮我垫支2100 元，当场感动一众团友，更使我心中热潮久久澎湃。到信号强域，我叫我家人微信转款过来，较快还清这一借款，但此举令我感触颇深。外出旅游准备宜足，力避再出窘迫情形，增加导游不必要的负担。如果团友遇到意外，或者导游工作为难，一定要像尹导那样勇毅果决为他人排难解忧。一次旅游，一个心灵受到教育的过程，一股境界得以提升的动力。

四是学识较广，熟悉省情，讲解中给了团友一个鲜活、丰富的云南。尹导毕业于云南大学旅游管理系，堪称科班出身。她的工作展现出相应的水准，使团友看到了转型升级后新时代导游的专业形象。除了管理工作密无纰漏外，她对云南省情、丽江市情的介绍，如数家珍，引人入胜。印象最深的是"两片叶子托起一个王国"，使团友很快明白：茶叶、烟叶两大产业，长期以来都是云南财政的主要支柱。而今，尹导带我们参观金沙江畔的一家酒业公司，使我们得以亲睹云南产业再添新军，不仅有久享盛誉的"云南红"，而且有异军突起的"香格里拉""大藏秘"。

木师傅事迹：

行车安全、正点，态度温和、友爱。总是积极帮助团友拿行李，不辞劳苦，使得大家感觉一路阳光。尤其值得赞扬的是，他开的旅行车车厢内总是很干净，保持得很好。原来，他经常在晚上清洗车辆，亲手拖"地"。木师傅，实在是一位忠厚、可敬的丽江纳西族汉子！

导游、司机，出团期间总是日夜操劳，管理服务又须严丝合缝，其工作强度大、要求高。对此，游客有目共睹，却往往熟视无睹。因此，有必要宣传导游、司机的工作实绩，尤其是彰显导游、司机的先进事迹，使遂行组团社、地接社合作的终端——导游、司机，成为社会尊重的职业群体。

云南迪庆经济开发区松园工业片区 月季火红　摄影 香格里拉酒业股份有限公司张敏

高原春风缕缕吹，岭上月季朵朵红。迪庆、丽江风土难忘，更难忘的是当地淳朴民情。四天"淳味行"，使我更深体悟人间春风无价，最美的风景是人心。尹龙波导游、木师傅，都是不会走出我的记忆的敬业职工，他们乐于助人的品德更比钻石宝贵。

"只要人人都献出一点爱，世界将变成美好的人间。"（黄奇石：《爱的奉献》）期望像尹导、木师傅那样的好人好事在神州大地蔚然成风，美丽中国更加可爱！

谨颂

夏祺！

赖维斌

2018 年 5 月 8 日

万家乐聚庆云村
——铜梁区小林镇春节行

田间地头菜色青，瓦上竹梢炊烟萦。
池水空明风起绸，山峦延绵雾隐形。

水电气讯入农家，川渝城乡一体化。
屋旁犹现柴火堆，场上围炉话桑麻。

峡谷水田如镜连，疑是银河落人间。
庆云村连圣灯村，更像白云上九天。

桃花李花暂不开，让与油菜先绚彩。
且待阳春三月至，八方宾客慕名来。

2022年春节，寒凝大地，我在重庆市铜梁区却感觉热满心扉。

走访妻子在小林镇庆云村的4家亲戚，处处让人如沐春风。素闻川渝好客，亲戚远来，家家兴高采烈，倾情接待。五天下来，体验切实。看到每家主人忙前忙后，终于端上热气腾腾的饭菜，我不禁感到：他们的心，就像火锅汤一样滚烫……

　　一代一代的儿女，从这片丘陵走出，通过婚嫁、生育，开枝散叶，而当春节省亲，带回来的已是四海新亲。辞旧迎新之际，伴随炮仗的轰响、焰火的闪亮，"地无分南北，年无分老幼"，觥筹交错，其乐融融⋯⋯

庆云村 春和景明 山清水秀

　　过年，是中国人最重要的一段生活。在贵比黄金的一周中，多少中华儿女结束全年工作，不论多远，不惜奔波，都要来到父母或岳父岳母（家公家婆）身边，欢度佳节，乐享天伦。"虽千万里，吾往矣。"来自广州医疗器械企业的贾锦昭，一语道出他赴重庆市铜梁区小林镇庆云村岳父家过节的感受。去年春节，他携妻女回河南老家与父母团聚。两口子议定：今后轮流到对方父母家过年。在昆明创业的陶文杰，与妻儿赴怀化同其岳父家人过年，正月初一驱车回铜梁区小林镇探望母亲。孟子曰："道之所在，虽

千万人吾往矣。"(《公孙丑上》)"道"即真理。孝道,作为人伦真理,
彰显因缘法则,蕴含强烈情感,为中国文化精华之一,值得千秋
传扬,亦值各国借鉴。

从小林镇北上一公里,左转进入一条村道,可往山水秀美的
庆云村。当年地质队勘探石油时,在莽莽丛林中开辟出这条公路,
把偏僻山村与外面世界连通起来。未见石油,地质队撤了,但留
下交通基础条件。庆云村前任党支部书记叶兆良同志带领群众奋
发图强,先把这条土石公路打造成水泥公路,并建成观景台、公
厕等设施,再发展李花、桃花、荷花观光和李子、桃子、莲藕销
售产业,引水、电、气、讯进农家,使村庄面貌焕然一新。车行
平坦光洁的村道,目视两厢新起的民房,我体会到:乡村的进步
是累积的成果,一代一代中国共产党人不忘初心,重视农村,回
馈农民,接续奋斗,终于使农村补上一些短板,使农民得到一些
实惠,缩小了与城市的差距,逐步迈向全面小康。广袤的农村,
是中国革命的坚实基点。星星之火,自此燎原。千山万壑,鏖战
敌顽。英嫂乳汁,救活伤员。百万民工,小车支前。中国革命胜
利了,中国共产党人深情回眸"千百万真心实意地拥护革命"的
农民群众,解放后特别是新时代,以有效的政策、顽强的毅力帮
助广大农村脱贫致富,成就空前。

年前节后,辗转多家。亲戚们的房子散落在山水田园之中,
远看像朵朵蘑菇生长在岭上田间。或靠近村道,错落两厢;或背
依山峰,俯瞰田园;或坐落峡谷,拥有后院。房前都有宽阔平
台,餐桌在此一一摆开,万家团圆在此实现,鞭炮焰火由此喧
天。家家都有菜园,房前屋后养眼:蔬菜碧绿,映日生辉,油菜
花开,独秀风采。客人来了,主妇笑靥如花,真诚写在脸上,招

呼客人喝茶后，就步履轻盈转去田地拔菜。印象最深的情景，是妻子的堂姑肩挎一个竹筐，悠然走向百米之远的后山幽谷，在郁郁葱葱的田地中拔出各色蔬菜，并将蔬菜装满竹筐，然后背上竹筐欣然回家。跟其往返的"娘子军"队伍不短，笔者与一中学生都当了一回"党代表"。《赤足走在田埂上》《小背篓》，两支民歌唱响两岸，今又回放重庆乡间。妻子的堂姑家，背依青山，前瞰梯田，左右峦列，树木茂密，藏风聚气，环境清静。房前凿有两眼水井，一眼用于饮水，一眼用于洗菜。一家亲戚住在瓦房，房瓦之后是高大的山峦，山峦之上古树参天，白雾萦梢；瓦房之前平地开阔，平地下连一块一块水田，粼粼波光把客人视线引至远方，落在丘陵草木之上。主人手指叠放一隅的一堆木柴，对来客说："它们可以节省燃料。"另一家亲戚则将杂草收束整齐，扎成一捆一捆的草料，树立瓦房后墙，与层叠木柴错落有致，洋溢古朴风情。在自来水、天然气已进农家的时代，一些村民仍保留着传统的生活习惯。一家亲戚宅边栅栏，与山岭竹林隔出区域，让10只大鹅小鹅聚在一处，偶尔"曲项向天歌"。另一家亲戚养鸭水田，鸭子时而"白毛浮绿水"，时而双足立田埂。

　　冬春交替，天寒地冻。庆云村能开花的树，都含苞未放，只有几枝油菜花在菜地中间亭亭玉立。不过，徜徉田间地头，山光水色仍令人流连。水田空明，倒映青山，"风乍起，吹皱一池春水"。该村丘陵地貌，盆地较长，婉转山间，深入腹地。腹地宽广，多座小山分布其间，民宅建在山麓上下，形象华美，像朵朵彩云散落人间。这里空气清新，民风淳朴，山水秀丽，风光旖旎，可谓环境友好，别有洞天。过去，青壮年大都外出学习、工作；近年，他们中的一部分积极回村创业。逢年过节，村里热闹非凡，特别是每到春节，万家乐聚，亲情澎湃，呈现出壮观的乡村生活图景。

若问庆云村有何季节特征？答曰：阳春三月李花飘雪，漫山遍野桃花飞红。那是唯美散文的绝好题材。

庆云村 阳春三月 李花飘雪　摄影 陶湘美

第三篇　耕耘心得

中流击水，却惊众浪迭起

——散文写作体会

2018 年 3 月 17 日至 2019 年 5 月 10 日，本人的 6 篇游记、2 篇散文，分别在《工人日报》、中国工会网、中国散文网等报纸和网络上发表，先后被人民网、新浪网、《西南商报》、今日头条等 18 家报纸和网络转载，其中《麓上桃花源 陶潜族人地——圣灯村陶家故园游记》获第四届"中华情"全国诗歌散文联赛金奖，《瑰丽如仙境 奇异出世外》获第六届"相约北京"全国文学艺术大赛一等奖，《春晖成冬日 感恩宜早行》获第六届中外诗歌散文邀请赛一等奖。《深圳特区报》给予专题报道，称之为"铭刻生活记录时代"，"创作力喷涌一发不可收"，"成为深圳文化事业蓬勃热潮中的一朵浪花"。

中流击水，却惊众浪迭起。今天记录下我的写作体会。

游记，又称"行走文学"，为旅游生活的文学铭刻。其物质基础是旅游经历。不出去走一趟，游记无从产生。但平淡无奇的游历，不能激发游客动笔。高质量的旅游，才是游记诞生的沃土。因此，欲写游记，参团宜参"品质游"，"自由行"前选好景。

游客旅归，带回大量见闻。如何处理这些信息？或倦鸟归林偃旗息鼓，或兴致勃勃微信发图，或图片随想拼成美篇，或精心选材撰写游记。记叙旅途见闻，内容真实，语言准确，已达要求。如欲写成华章，动人心弦，启人深思，就要"赋能"。怎么操作？我的做法：赋游记以思想性、文学性。桂林郊游，我写《感受猫儿山的震撼》，对这座山山体巨大，"泵"出39条河流抒怀："山岳生长森林，森林涵养水源，本是常识。但一座山的生态作用如此之大，令人惊讶。其中蕴含的哲理发人深思：因为自身博大，所以贡献卓越。古今中外，无数仁人志士胸怀天下，愈挫愈奋，终于蓄足能量，解民倒悬。伟人之路，不正如高山流水？"思想性的赋予，要求对旅途见闻过滤、筛选，挑出最感人的事象进行剖析，提出精辟见解。对猫儿山的雄、险、幽、秀和卓越、精彩，我描述："'十里峡谷'的飞瀑鸣泉、虹桥碧潭、山岚竹海、木屋人烟，使人如入桃源；陡峭山崖上古树繁茂、鹃花怒放、百鸟啁啾、清气氤氲，使人似登仙界；山顶湿地中'漓江源'石碑兀立栈道，使人方知桂林的母亲河发源于此；老山界红军长征纪念亭碑，仙愁崖二战美军飞机失事人员纪念铜像，供游人缅怀。"文学性的赋予，要求把旅游产生的美好感受，及时转化成清丽多彩的语言、优美深邃的意境。

　　思想性、文学性是笔者游记写作着力点，意在使习作超越一般游记，具有较高的思想启迪价值和较强的艺术感染力量。思想性赋游记文化之魂，文学性予游记艺术之魅。两者角度不同，目标一致，同向发力，共托游记升至高境界。

　　游记写作不限于此。徐霞客游记以科研态度记录地理、水文、地质、植物等现象，以优美文字描写风景，成为科学、文学跨界佳作。叶永烈游记关注当地历史、文化，发挥渊博学识，进行深度解读。游记配图片，就增艺术性；配视频，就增技术性。可见，游记写作从题材、内容，到方式、载体，都是一个开放、灵动的体系，呈现多元融创的格局，具有海纳百川的活力。有条件的作者，尽可抓住机遇，发挥所长，写知识性游记（如"明末社会的百科全书"《徐霞客游记》，秦牧《社稷坛抒情》）、趣味性游记（如柳宗元《永州八记》，碧野《天山景物记》）、哲理性游记（如王安石《游褒禅山记》，刘白羽《长江三日》）、教诲性游记（如范仲淹《岳阳楼记》，苏轼《石钟山记》），拓展游记写作广阔天地。

旅游六要素："吃住行游购娱。"其中，我最重"游"，次重"行"，不舍"娱"。

"游"是旅游最大的目的，也是游记产生的主驱。游完景区、展览馆、街道等，游客赏心悦目，情动于中，自然要发之于外。"游"也是信息采集的主要机会，决定了游记内容的多寡。当我游完贵州新义万峰林景区、云南曲靖罗平油菜花、广西百色起义纪念馆、田州古城风情街等景观，激动不已，觉得不写游记殊为可惜，也愧对新美如画的云贵高原、可亲可敬的百色人民，可是因忙，一直找不出时间记叙这一珍贵的旅游，半年后，利用中秋节奋战三天三夜，借助于旅游中拍摄的大量照片，终于写出《寻芳大西南》，献礼新中国成立 69 周年。这篇成之不易的游记在《工人日报》刊登后，经中国工会网实时发布，被新浪网、新浪手机网、地方网、人民网、百色新闻网、朝阳音乐网、密山新闻网和《西南商报》《安徽工人日报》等转载。人民网陕西频道、重庆频道同时转载，还出繁体字版，并收入"中文第一时政论坛"——"强国论坛"（阅读 :1800/10 个月）。

"行"是旅游开销最大的一项，却在旅游中主要起保障作用，即把游客从甲地运至乙地。因此，其隐含价值易被忽略。游客通常把目的地的景点视为游览对象，对"路上的风景"视而不见。我的理解是，公认优美、典型的地方先被开发建设成景区、景点，但山川辽阔、历史悠久的许多地方还有"最美的风景"、精彩的故事。虽在行进中少有"下马观花"的机会，但车窗外匆匆掠过的青山碧水、村庄人家、古桥新坝、产业园区，都有审美怡情认识价值，都是国情省情教育课堂，都是游客心灵滋润雨露，都是旅游不容忽略内容。基于这样的理解，行进时我常人在车内，眼望窗外，感受当地风物，抢拍有用景象。在《寻芳大西南》中，"行"的内容几占一半：

"车出广西百色，前往贵州兴义，桂西盆地渐行渐远，云贵高原越来越近。入山区后，艳阳高照，碧水奔流，千花盛放，万树勃发，大自然把冬藏的能量猛烈地释放，令人惊喜！

峰回路转无数回，车已远上白云间。窗外，大西南景物变换不尽，却梯次分明。清晨，盆地郁郁葱葱；上午，山树渐显空疏；午后，万峰矗立成林。时空转换之际，我发现植物密度与海拔高度成反比。

见惯了南海之滨的水草丰茂，我对高原山野的林木空疏感到新颖。密林固然丰满，疏林不也空灵？当你面对花丛，你会略感窒息；若见一枝独秀，你可遥想春色。

路见崇山峻岭，常有民宅散落，依山而建，各具风采，或茂树环合，或杂花簇拥，或柴垛傍依，或云霞掩映。虽不闻鸡鸣狗吠，但可见炊烟处处，梯田层层，山道弯弯，涧水粼粼。蓦地出现一面五星红旗，飘扬在绿树丛中，鲜艳夺目，彰显边疆儿女心向祖国。

山岭，人类的原乡，村庄的根基，花树的母体，诗意的源泉。山居，返璞归真的方式，天人合一的体验，世外桃源的生活，人与自然的和谐。"

"娱"是游览过程中的互动、参与和娱乐，它以活动载体加深游客对当地风俗民情的体验，丰富游客旅游感受。因此，对文明、友好的娱乐活动，游客不应舍弃。在《彩云之南之西北掠影》，我记叙："香格里拉一处郊野，春日朗照，芳草复苏，菜地平旷，屋舍俨然，多条经幡上聚下散，如伞开张。'伞'下堆石如锥，清水漾洄。春风吹拂，经幡灵动，呼呼有声，熠熠生辉。'伞'前勒石8块，上书'藏人缘·帐篷部落'，一行赤字与五彩经幡、蓝色屋宇、如带远山、碧空流云错落有致，相映成趣，构成生动、立体的迪庆高原风情画卷。游客至此，不知疲倦，身穿藏服，脚踏节拍，与藏族姑娘共舞，互道'扎西德勒'，友爱的暖流在胸中回旋，足以驱散早春的风寒。"在《梦幻行走滇西北》，我"铭刻"："当晚参加篝火晚会，游客如潮，看完'甲搓舞'表演，就与摩梭青年携手共舞，不少人引吭高歌，宽大的舞池成了欢乐的海洋。我想，这偏僻的高原内湖，远离都市喧嚣，保有一方宁静，恍若世外桃源，多少个世纪以来人们未曾想到，借此，这里逐渐成为域外之人避世的天堂、心灵的栖所。"

旅游领域宽广。游客兴趣多样。我关注自然、人文，为写出有分量、有个性的游记，所到之处，总是搜寻最美山水景象、最好人文景观，并努力把握其特征。到蓝月谷，我描述其明丽的景象，揭示其水色随天气变化而变幻的特点；到泸沽湖，我叙写摩梭民俗博物馆，述评走婚这一独特现象，撰成游记《瑰丽如仙境 奇异

出世外》:

"这条河,天晴色蓝,弯弯流淌,如蓝色的月牙嵌在山谷,故称此峡为'蓝月谷'。水底泥巴色白,雨天'珠'落,泥泛水白,故此峡又名'白水河'。由于山阻石挡,蓝月谷流水每行一程都须累积成潭,才能漫溢前行,使人慨叹水之流程正如人的进步,自然界山重水复、雄关漫道,不正像创业者筚路蓝缕、百战艰难?该谷流水漫过数道石堤,梯次跌落,形成'玉液''镜潭''蓝月''听涛'四湖,呈现瑰丽多姿的'雪山水景':近瞰如面面明镜,倒映青山叠翠;远望似层层梯田,呼唤冰峰下凡。踏平坎坷终成大观,穿越关山风光无限,蓝月谷流水催人奋进。"

"摩梭民俗博物馆,泸沽湖畔一奇花。"

"院内,一柱擎天,经幡飘举,古树遒壮,枝叶繁茂,一块题有'博物增光'四字的蓝色匾额悬于大堂。大堂左侧墙面挂犁铧,上辟'花楼'雕花窗口;右侧墙面涂黄漆,上书摩梭象形文字。"

"转回大院,面对'花楼',导游讲述了摩梭人走婚的故事。原来,'花楼'上住着阿夏(摩梭女),'月上柳梢头'时,阿柱(摩梭男)脚蹬犁铧攀缘而上,践行'人约黄昏后'。只是天未亮时,他必须离开。含羞玫瑰悄然绽放,映月翠湖屏声守望。"

"走婚,夜合晨离,男女双方没有婚姻关系,只作为维持感情、繁衍子孙的方式,世代相袭,延续千年,独立于群婚、对偶婚、单偶婚之外。摩梭婚俗,奇异出世!"

科学的思维方式是人的核心竞争力,也是写好文章的根本能力。

　　游记作者在整理旅游见闻时，虽思路各异，但都要端正思维方式，经"去粗取精、去伪存真、由此及彼、由表及里"后，针对最本质事象，进行精彩描述或精心解析，使其蕴含价值充分彰显，释放思想启迪力、艺术感染力。

　　如何描述、解析？我运用纵横交错思维，坐标式概写山水美景，或阐发美景启迪价值。在《感受猫儿山的震撼》中，我写道："人们说起桂林，总是想到峰林地貌。然而，该市地形的多样性，却被忽略了。猫儿山春游，让我一睹群峰高峻、众谷深秀的壮丽景象和云海汹涌、吞吐天地的磅礴气势，震撼中刷新了对这座世界著名旅游城市的印象，感受了它的别样风采。""猫儿山是五岭之首越城岭主峰，海拔2141.5米，为华南之巅，因山顶巨石如猫蹲守而得名。亿万年来，这只沉默的猫雄视五岭，目光如炬，任凭风云变幻，'我自岿然不动'。华南地区覆盖粤桂琼，毗邻港澳，是我国改革开放的前沿地带，久经市场风雨，新时代搏击中流，如何保持战略定力？神猫'乱云飞渡仍从容'，就具启示价值。"

　　立足精华基点，纵横交错思维，东西南北都可展开，甚至360度全覆盖，这就为游记写作深度开掘、广度拓展提供了无限潜力。在《梦幻行走滇西北》中，描写噶丹·松赞林寺壮丽景观后，我加写当年贺龙征粮的故事，颂扬了该寺喇嘛的深明大义，使游记掘出历史的深泉："出家人本不问世事，但事关民族大义，另当别论。1936年4月，红二、六军团长征至中甸，贺龙宣讲红军北上抗日的宗旨后，该寺开仓售粮、发动征粮、护理伤员，为红军提供了20万斤粮食、80骑向导，成就了一段佳话。"在《彩云之南之西北掠影》中，为体现"七彩云南，如披锦绣"，我铺写香格里拉郊野经幡、金沙江畔葡萄酒厂、玉龙雪山腰部森林、丽江城西茶马古道四个自然、人文景观，使游记拓开宽广的天地。

谋篇布局是写文章必下的功夫。思想内容大体确定后，就应考虑结构艺术。

如对素材不甚熟悉，宜顺叙写，边写边提炼精华；如对素材消化透彻，可倒叙写，开篇勾勒数点精华，而后从容续写全篇。前者如《麓上桃花源 陶潜族人地》，先交代时间、地点、事由（寻根怀祖），后参观故园，拜见旧邻，抒发随感；后者如《梦幻行走滇西北》，先描述最美四景——"峡谷深处，澄碧的金沙江水静静流淌；玉龙脊上，洁白的鹅毛大雪纷纷飘落；万山丛中，泸沽湖波平如镜；篝火堆旁，摩梭人载歌载舞……"，后连写虎跳峡、玉龙雪山、泸沽湖、噶丹·松赞林寺。

结构艺术除记叙顺序（顺叙、倒叙、插叙、补叙）外，还有串联、并联方式。《感受猫儿山的震撼》汹涌如浪，随登山由下而上澎湃，连接山脚、山腰、山顶自然风光、人文景观，用串联结构；《彩云之南之西北掠影》翱翔似鹰，随意飞往各处，俯瞰迪庆、丽江四处秀美山水，用并联结构。

著名景区景点丰富，气象万千，写其一处无规模效应，平面介绍也无法囊括。因此，对其描写需点、线、面、体组合，才能构成阵势，撼人心魄。《瑰丽如仙境 奇异出世外》对远山、近水、乌云、阳光、湖畔、小岛、圈层、横山，逐一描述，细心拼接，高低组合，八方荟萃，逼真再现了泸沽湖景：

"从进山观景台看去，远山静卧如美女，湖畔错落有人家。阳光穿透乌云，泻下万道金光，脉脉青山，霎时生辉；郁郁松林，更显苍翠；盈盈一水，焕然明媚。细瞰泸沽湖景，发现湖中有一道山横亘中间，由圈层向内延伸，长逾湖心，使该湖呈现'湖外有湖''山外有山''天外有天'的格局，启人深思。

宁蒗彝族自治县永宁镇，一曲尺形港湾，背山面湖，景色优美，佛塔独立，岸柳流翠，细沙铺金，蒹葭苍苍，清新、别致胜江南。琼瑶见了，是否另写《在水一方》？

乘猪槽船去湖心岛时，水天一色，岛显袖珍，但登岛后，方知'袖里乾坤大'，岛上竟藏一座完整的藏传佛教寺庙！忆及在西藏巴松措湖心岛曾游雍仲本教札西寺，我深感选址湖心建寺，让莲花绽放碧波中，是高原佛学家不约而同的价值追求，寄托其高洁的出世理想。"

爱好旅游、常写游记者，应游有规划、记有侧重，使视野逐次打开，游记多姿多彩。在《麓上桃花源 陶潜族人地》中，笔者气定神闲度春节；到《梦幻行走滇西北》时，笔者似觉"宇宙倒回洪荒"；到《感受猫儿山的震撼》时，笔者"刷新了对这座世界著名旅游城市的印象"。

旅游是走出去接触新事物的活动，是时空频繁转换的美好生活。面对新地域、新景观、新知识、新体验，游客常常情不自禁生出感触，写游记时，夹叙夹议遂成常用手法。

我写游记时，对夹叙夹议作三种处理：一是先叙后议。在记完重庆市铜梁区小林镇圣灯村陶家故园游后，我议论："此刻，我分明感到，自然环境对于人类生长具有重要意义，生态建设也是育人工程。而淳朴、友爱的民风、乡情是和谐社会最深厚的根基。鉴于我国有几千年的农耕史，有8亿农民，不少城市建设者也来自农村，和谐社会建设应重视农村，保护农村淳朴、友爱的民风、乡情，并将其推广到城市。"（《麓上桃花源 陶潜族人地》）二是先议后叙。对华南之巅，我在游记开头直抒胸臆："猫儿山，不平凡的山。自然是你的异禀，人文是你的精彩！"而后，展开对这座高山的记游。（《感受猫儿山的震撼》）三是既叙又议。对噶丹·松赞林寺述评："在迪庆藏族自治州香格里拉市，城北五公里外，苍茫草原上崛起一座青山——佛屏山。名副其实，它北阻寒流，南护一处建筑群。此建筑群远看像古堡群，坐北朝南，由下而上，逐级抬升，耸入云天。雄踞城垣顶部的两座主寺为藏式碉楼建筑，楼高五层，伟如宫殿，殿瓦镀金铜色，屋角'兽吻飞檐'，具汉式寺庙风格，堪称'藏汉合璧'。它就是有'小布达拉宫'之称的噶丹·松赞林寺，汉名归化寺，为云南最大的藏传佛教圣地。"（《梦幻行走滇西北》）

人类是大自然之子。当游客来到明丽的山水，仿佛回到地球母亲温暖的怀抱。因景生情，寓情于景，借景抒情，情景交融，是游记写作基本手法。对蓝月谷，我在描写瑰丽景致的同时，抒发着缕缕情思。由于运用诗的语言，情景交融较为含蓄：

"置身高原早春，穿越锦绣山河，我耳闻目睹什么？

融雪出清流，茂林养碧溪。'青山遮不住，毕竟东流去'。

远山近水一脉连，云雾凝珠落碧潭。梯田不只山上有，河中群瀑次第悬。

截流成湖竟天然，胜过人工万万千。天地无言却有情，雾萦青山水绕岸。

茁茁翠树，幽幽碧潭。楸花怒放，歌唱春天。

水上森林，舞动春风。古桥不老，新叶初绽。

雪山归客，下临蓝月。似有佳人，穿巷而来。

雪水飞瀑，尽涤尘埃。人间仙境，不输九寨。"

联想，是游客在旅游中经常触发的思考，特点：由此及彼。写作游记时，这一思考方式就成为艺术手法。比喻，在游记写作中大量出现，因它能更好地表达作者的旅游感受。在《寻芳大西南》中，我一并使用这两种手法，收效较好："春风吹开了山谷的油菜花，花浪滚滚，仿佛万峰湖波涛汹涌，又如马岭河水花欢腾。行走花径，香气袭人，眼福大饱，让我领略了'磅礴数千里'的'西南奇胜'（《徐霞客游记·滇游日记二》）的另一种风采。此时，我体会到：故地重游，不仅拾遗补缺，而且拓展新知，实为价值倍增的过程。旅游景区是大自然的瑰宝，秀外慧中，韵味无穷，正如经典名著，博大精深，恒读恒新。"

精练是各体文章对语言的普遍要求，优美更是文学作品对语言的特殊要求。游记要写成散文，语言要精练、优美。概括云贵高原两地花田形似实异的风采，我在《寻芳大西南》写道："万峰林油菜花芳菲深谷，罗平县油菜花美尽旷野。"由于对音乐敏感，我认为作品如歌，也有旋律，于是常在游记写作中进行节奏控制："起义成功了，战士血染沙场。登上纪念馆顶，近看如火杜鹃，远望城市风貌，我忽然感到，英烈精魂，已化成点点殷红，喜瞰百色今崛起。"（《寻芳大西南》）

《春晖成冬日 感恩宜早行》以笔者返母校厦门大学看望中文系4位老师为线索，运用并联结构，从思想引领、学费资助、写作训练、论文指导等多个侧面，忆述每位老师教书育人的独特贡献和崇高风范。由于师恩深厚，报道真确，此文在中国散文网首发后，5个月总点击量达11600次，被厦大人、悦读文网、必应阅读、经典美文网、爱文学网转载，得到第六届中外诗歌散文邀请赛评委充分肯定。《南山涧水奔向东海》凝望故乡小池南山涧水，回忆童少往事，以串联结构层层开掘南山涧水造福当地百姓、支持当年红军、沟通八闽交流、健全生态循环等方面的作用。赋比兴手法均用，增强了习作吸引力。此文在中国散文网首发后，被悦读文网、诗歌散文网、经典美文网、爱文学网转载，并上今日头条客户端。

　　回忆性散文贵有真情实感。之所以要用文学方式回溯既往，是因为既往之事钩沉有益。人到中年，已越万水千山，其跋山涉水的体验值得回味，其得自各方的助益更值得感恩。回忆性散文就是要把铭心刻骨的往事真实地记载，把乌鸦反哺的情怀真挚地表达。读者从回忆性散文中，当阅读出相关人事的历史信息，也当感受到涌泉相报的情感能量。

文学航道扬帆新悟

2018年3月26日，《工人日报》副刊头条登出《麓上桃花源陶潜族人地——圣灯村陶家故园游记》，扬起我创作风帆。

中越界河——归春河 茂林修竹连岸 山光水色相映

三年来，工余鼓浪文学，我著文19篇，除1篇响应"观音山杯·美丽中国"征文结果待揭外，18篇首发《工人日报》、中国工会网、中国散文网、经典文学网，被人民网、新浪网、搜狐网等117家媒体转载。新悟创作心得，与读者交流：

一

　　游记欲成精品，须先品质游历，后精准记游。品质游历的前提意义我在《中流击水，却惊众浪迭起——散文写作体会》已作阐述，这里只谈精准记游的标准要求。

　　精品游记是游客眼中风土民情的真确反映，是受访城乡文明建设的成果巡礼，是所到地区山水人文的精华记载，是世界各国文化思想的表征形象。因此，精品游记要有消息的真实、报道的准确、史志的可信、通讯的优美，标准高于一般游记，不宜随便下笔、草率成文，而应精心备战、严谨作文。如觉记游对象若明若暗，或对游历内容记忆不确，不要轻拨键盘。这时最应做的是查看相机、手机图册，按游历顺序纵览所拍图片，让一张张图片帮助游客重新观察、反复回想游历某地的场景，逐渐使游览往事清晰再现脑海，连片构成整体，鲜活催生情愫，积淀孕育主题。在写游记时，如对一些山名、河名、地名、路名、屋名、人名、数据等弄不清楚或记不准确，电话询问地接社导游，能较快获得准确回复。即使地接社导游一时答不出来，也应待其弄明白后回传正确答案。为了写好曾览景观，动笔之前应增进对其信息关注，上网搜寻这些景观及其所在乡村、城市、国家或地区的背景情况，下基础层功夫。可见，图片、导游、网络，是精准记游不可或缺的三名益友。为此，游览前，要与地接社导游开通微信，建立友谊；游览中，多拍景观照片，多存有用素材；写作前，注重网络阅研。进入写作时，综合使用图片、导游、网络提供的信息。

　　2018年4月底，我赴丽江、迪庆，4天游10个景点，后来写出《梦幻行走滇西北》（刊于《工人日报》旅游版，入编团结出版社《当代文学百家》），《瑰丽如仙境　奇异出世外——蓝月谷泸沽湖见闻》(刊于中国工会网，获第六届"相约北京"全国文学艺术大赛一等奖，入编中国文化出版社《相约北京·全国文学艺术精品集》第六卷),《彩云之南之西北掠影》(刊于中国散文网，获第七届中外诗歌散文邀请赛一等奖，入编中国文化出版社《2020年中外诗歌散文精品集》)。之所以能在一年内写完3篇同地游记，是因为借助了三友之力：1400多张连续拍摄的滇西北景观图片，赋予我游记写作坚实依托；丽江市黑白水国际旅行社有限公司导游尹龙波不厌其烦地回复我的诸多提问，保证了我的游记内容质量；百度等搜索引擎及时呈现景观的背景信息，便利了我精准记游的研究铺垫。

当我凝视丽江、迪庆风景图片，心灵被滇西北雄奇瑰丽的高原风光、奇异多彩的民族风情所震撼，于是，洋溢诗情画意的导语似清泉泻出："峡谷深处，澄碧的金沙江水静静流淌；玉龙脊上，洁白的鹅毛大雪纷纷飘落；万山丛中，泸沽湖波平如镜；篝火堆旁，摩梭人载歌载舞……"(《梦幻行走滇西北》)

当我只知玉龙雪山主峰扇子陡海拔5596米，不知其栈道抵达高度、索道起点高度、冰川公园观景平台高度时，拨通尹龙波导游手机，她一一作了准确答复：4680米，3356米，4506米。这使我的记游得以展开，不被几个不明关键数据阻滞。就连"冰川公园观景平台"，也是尹导告诉我的设施名字。在此4506米高山平台，我虽见过它的大名，但未对其加以拍照，兴趣集中在冰川、雪原、高峰、栈道，加上高山缺氧，下山后想不起平台名称，上网搜寻也未能如愿。可见，旅游结束后，专业导游的热情帮助对于游客开展精准记游具有重要作用。(《彩云之南之西北掠影》)

当我记游摩梭民俗博物馆时，注意到"祖母房"内设施的丰富（神像、炉子、床铺、桌椅、对门，井然有序），却忽略了其文化的多元。例如，房中并立两根木柱，以为它们仅仅共起支撑房梁的作用，上网研读摩梭人的生活习惯后，方知两根木柱颇具象征意义。经过一番消化，我将其表述为："房中立柱两根，称为男柱、女柱。它们出自一树，象征男女同心，共担家庭。女柱选取根部，寓意维系家庭稳固；男柱选取梢部，寓意负责家庭兴旺。其中一柱挂着牛头，头披哈达，意在辟邪，并祈吉祥。"（《瑰丽如仙境 奇异出世外——蓝月谷泸沽湖见闻》）

二

游记写作从何起步？我的回答：感觉。

当我对旅游景点有了感觉，记游冲动油然而生，此时下笔最觉顺畅，行文常感如有神助。有时因为忙，几个月未写游记，但旅游景点触发的记游愿望如岩浆奔突，不吐不快。因此，一旦萌生对旅游景点的某种感觉，我大都抓紧工余时间撰写游记，节假日也充分利用起来。逢年过节，家人亲戚团聚餐馆，我常"请假"笔耕书斋，意在用集中的时间把旅游感觉充分转化为记游文字。

感觉是游记写作的动力，也是游记写作的起点。从感觉写起，言之有物，内容充实。因为感觉不是空穴来风，而是经历实感，是客观性与主观性的统一，具有丰富的内涵。从感觉写起，主题鲜明，重点突出。因为感觉不是宽泛的反映，而是特定的体验，具有明确的指向。从感觉写起，行文流畅，表达容易。因为感觉不是清淡的意识，而是浓烈的感受，具有强大的能量。

旅游是盯住景点走，记游是跟着感觉走。感觉萌生，创作启航。

当我在桂林猫儿山盘山公路停车远望，"一睹群峰高峻、众谷深秀的壮丽景象和云海汹涌、吞吐天地的磅礴气势，震撼中刷新了对这座世界著名旅游城市的印象，感受了她的别样风采。"这是笔者在桂林工作两年从未见过的大场面，它突破了我对这座名城碧峰似簪、清江如带的旧印象，使我不得不重新端详桂林，也感到有必要向世界推介不一样的桂林，遂撰《感受猫儿山的震撼》。这篇游记在《工人日报》旅游版刊出后，中国工会网作了重点推荐，被新浪网、邻伴网（配图 4 张）、广西资讯网、《安徽工人日报》转载。

当我在凯恩斯城区漫步，感觉"仲春时节，许多地方春寒料峭，它却暖如初夏"，于是，记游此城的《波涛飞雪 雨林滴翠——热带城市凯恩斯揽胜》就从其气温起笔："触目皆是树木的青翠，满耳都为雀鸟的欢歌，空气中弥漫着芬芳的气息，街道旁错落着纯白的酒店。入住邻海酒店，夜闻街道对面演艺厅劲歌劲舞，晨见客房窗外一屋顶如砥如茵，至楼道看蕨类植物崛起中庭直插云天，出酒店赏热带雨林葱茏海滨遥接远山，我分明感到：作为澳大利亚东部最北城市，凯恩斯靠近赤道，早迎春暖，快出夏意，热带城市名副其实。"

三

散文四个要素：主题，结构，语言，修辞。

主题属于内容范畴，结构、语言、修辞均属形式范畴。前者决定后者。主题明确后，就要求相应的结构、语言、修辞加以表达。单一主题用单线结构，例如，《寻芳大西南》主题单纯——赏花，因此，只要记叙追寻春花的过程，结构单一。双重主题用复线结构，例如，《瑰丽如仙境 奇异出世外——蓝月谷泸沽湖见闻》主题既有瑰丽仙境，又有奇异风情，就要既写蓝月谷、泸沽湖秀美山水，又写摩梭民俗博物馆馆藏文物、摩梭人走婚情景。

四

　　丽江、迪庆游后，发稿 4 篇；墨尔本、悉尼、黄金海岸、凯恩斯旅归，刊文 6 篇，读者反响均较强烈。我体会到，逐篇记叙一个时段所览景观，能对一域、一国风土民情进行系列展现，给读者集中的社会认知、丰富的审美体验，同时，也能对作者、媒体综合素质进行全面锻造，给读者高效的创作印象、敏捷的传播感觉。

诗文竞逐 深圳作家散文折桂

2021 世界笔会中国厦门文化节暨 2021 华夏杯中外诗歌散文大奖赛、2021 第三届"相约七夕"全国文学大赛、2021 厦门杯全国文学大赛，12 月 27 日在厦门举行颁奖盛典。

作者在颁奖现场留影

摄影 人民网记者

有关领导莅会为获奖作家颁发荣誉证书和奖杯。

在 2021 华夏杯中外诗歌散文大奖赛中，全国二十八个省、自治区、直辖市和港澳地区以及海外四十多个国家 89231 位作者提交 183939 首（篇）稿件参赛，深圳作家赖维斌游记《翡翠岛国之东岸拾珍》，荣获"十篇最佳散文奖"（名列第一）。组委会主任王伟寄语："此次大赛评选工程浩大，能从众多作品里脱颖而出实属不易彰显实力"，"沉甸甸的荣誉将激励一生"，"更好诠释出独具匠心的谋篇布局和非凡的才艺及语言驾驭能力"，"发现美捕捉美，记录生活诗意的存在，祝您在散文的世界开创出一片新天地！"

从三场文学大赛中脱颖而出的一批诗人、作家，从大江南北汇聚而来，相会在东海之滨。穿行鼓浪屿，登临日光岩，极目闽天舒，倾心鹭江蓝，共仰郑成功，同抒海峡情，现场赋诗作文，交流创作心得，蔚成八闽文坛盛事，仿若今日兰亭集会。翌日，第 34 届中国电影"金鸡奖"在厦门隆重颁发，"东海明珠"更显璀璨。作为龙岩子弟和厦门大学毕业学子，赖维斌离校 37 载后自深圳归来领奖，既致敬桑梓，又回馈母校。

《翡翠岛国之东岸拾珍》是赖维斌于 2019 年"五一"、国庆期间两次赴澳大利亚，游历该国东部四城——墨尔本、悉尼、黄金海岸、凯恩斯，已撰《大地葱茏 蓝山叶红》《绿野平旷 雅舍温馨》《暾出晓云 澜起碧海》《波涛飞雪 雨林滴翠》《树茂花繁 草绿湖秀》5 篇游记之后，觉得四城见闻尚可开掘，遂将遗"珠"串接成"链"，写出的第 6 篇澳洲游记。以上 6 文先后入书《"华语杯"国际华人文学大赛获奖作品精选》《当代文学百家》《"当代影响力"诗人作家文选》，分别由团结出版社、九州出版社出版。

砺剑群峰俯众秀 破浪重洋仰叠彩

——散文创作历程回望

近日，2021年"三亚杯"全国文学大赛结果揭晓，《暾出晓云 澜起碧海——黄金海岸穿越体验》荣获金奖。随后，2021·全国青年作家文学大赛奖项

积极参加各类文学大赛 已获 22 项奖

公布，《画意桂西南 边陲有洞天》得颁一等。接着，第九届"相约北京"全国文学艺术大赛传来佳音，《波涛飞雪 雨林滴翠——热带城市凯恩斯揽胜》被授一等。又闻，2022 年"最美中国"当代诗歌散文大赛落下帷幕，《树茂花繁 草绿湖秀——墨尔本城散记》喜摘一等。至此，本人作品已 15 次获国内外文学大赛金奖、一等奖、第一名。为回应读者关心，本人现对四年来文学创作历程作一回望。

赖维斌，中共党员，深圳市作家协会会员。1962年12月生于福建龙岩，1984年7月毕业于厦门大学中文系，文学学士。曾任深圳市经信委企业服务处党支部书记、深圳市委党史学习教育第九巡回指导组副组长，现任深圳市工信局政策法规处调研员。2018年3月开始散文创作，聚焦山水、人文景观，与读者分享旅途感受，至2022年3月已撰写24篇散文、1篇报道、1篇综述，计62082字。作品先后在《工人日报》、中国工会网、中国散文网、经典文学网、中华作家网等多家报纸和网络发表，并被人民网、新浪网、搜狐、今日头条、《西南商报》、《安徽工人日报》等122个媒体转载，积极参加各类文学大赛，已获22项奖，入编26部书，由团结出版社、线装书局、九州出版社、天津人民出版社、现代出版社出版。

创作特点：

1. 55岁始涉文坛，年均发文6篇。笔耕3年，入市作协。4年作品汇编成册，取名《驰阅万里芳华》。

2. 前4篇游记悉刊《工人日报》，中工网都作发布（重点推荐2篇），新浪网均予转载，中国诗歌网等22个媒体分别转载。其中《寻芳大西南》一文，人民网陕西频道、重庆频道同时播报，并出繁体字版，中文第一时政论坛——"强国论坛"全文收入。

3. 仅在中国大西南，即记游重庆、云南、广西、贵州的自然景象、人文景观。而在澳大利亚东部，也将墨尔本、悉尼、黄金海岸、凯恩斯的风土民情逐一描写。

4. 以诗意的笔触描摹蓝月谷，使"小九寨"令人神往；将山、水、云、岛立体组合，使泸沽湖美不胜收。

5. 善于揭示自然山水的人文价值，引导读者重视生态文明与社会文明同步建设。在《寻芳大西南》写道："山岭,人类的原乡,村庄的根基,花树的母体,诗意的源泉。山居,返璞归真的方式,天人合一的体验,世外桃源的生活,人与自然的和谐。"在《南山涧水奔向东海》则撰:"涧水,青山的乳汁,生命的养料,江海的源泉,家园的灵魂。奔腾是您的性格,'天行健,君子以自强不息';顽强是您的毅力,'创业艰难百战多';奉献是您的美德,'但令身未死,随力报乾坤';清纯是您的本质,'质本洁来还洁去'。"

6.《同心共谱战疫曲 众手协筑防波堤——驿站归来话体会》先总述派驻组赴驿站参与战疫被肯定,后分述驿站防疫作用、运维投入、锻炼干部、涌现事迹、展示形象等情况,再点评驿站继续存在价值,呼吁各国团结抗疫。《瑰丽如仙境 奇异出世外》对蓝月谷、泸沽湖双重题材采用复线结构,并在每个板块开头预作概括:"蓝月谷,滇西北山水精华,以典型的'雪山水景'惊艳世人,因独特的水色变幻平添魅力。""泸沽湖,横跨川滇两省的天然湖泊,以宽广的胸怀、多情的乳汁包容、哺育万千生灵。"

7. 2018 年 4 月底,游丽江、迪庆 4 天,返深圳后,陆续撰写《梦幻行走滇西北》《瑰丽如仙境 奇异出世外——蓝月谷泸沽湖见闻》《彩云之南之西北掠影》《枝枝月季迎风起舞 树树楸花映日生辉 迪庆丽江山水含芳》4 篇游记和《高原春暖沁心扉——对尹导、木师傅的表扬信》。2019 年"五一"、国庆期间,先后游览澳大利亚东部四城,回中国后,相继写出《大地葱茏 蓝山叶红——生态澳洲之多彩悉尼》《绿野平旷 雅舍温馨——墨尔本农庄春游》《暾出晓云 澜起碧海——黄金海岸穿越体验》《波涛飞雪 雨林滴翠——热带城市凯恩斯揽胜》《树茂花繁 草绿湖秀——墨尔本城散记》《翡翠岛国之东岸拾珍》6 篇游记。

8. 在 24 篇散文中，有游记 16 篇，通讯 1 篇，工作体会 1 篇，活动感想 1 篇，表扬信 1 篇，回忆录 2 篇，创作谈 2 篇。另撰报道 1 篇，综述 1 篇。

先后获得第四届、第六届"中华情"全国诗歌散文联赛金奖，第六届、第七届、第八届、第九届"相约北京"全国文学艺术大赛一等奖等 22 个项奖。获得"全国文艺创作精英""全国文艺创作名家""全国文艺先锋人物""全国诗歌散文先进工作者"等 20 项个人荣誉。

作品被《2019 年中外诗歌散文精品集》《2020 年中外诗歌散文精品集》《2021 年中外诗歌散文精品集》《"最美中国"当代诗歌散文精品集》《中国诗文书画家名作金榜集（2020 年卷）》《中国当代作家书画家名作典藏》《建党 100 周年全国文艺家精品大系》《"华语杯"国际华人文学大赛获奖作品精选》《当代文学百家》《"当代影响力"诗人作家文选》《"盛世中华杯"国际文学创作邀请赛作品精选》《新时代诗人作家文选》《"当代影响力"诗人作家文选·第二卷》《"经典杯"华人文学大赛作品精选》《岁月之歌：全国青年作家优秀作品选》《青青子衿：全国青年作家优秀作品选》《百家诗选》《新时代作家名录》《中国当代杰出文艺家大辞典》等 26 部图书入编收录。

已发表的 24 篇散文、1 篇报道、1 篇综述，均被收入中国作家库。其中，18 篇散文、1 篇报道被求真百科一次转载，配图编在"中国文学总论"，影响已及大洋彼岸。中国作家库推荐 10 篇散文，本人 3 篇游记入列。中国散文网"新作在线"展示一批佳作，本人 3 篇散文入选。6 篇游记在《工人日报》登出。24 篇散文青年作家网阅读均逾 3 万人次，其中，游记《云雾三清的秋天音画》《画意桂西南 边陲有洞天》都过 10 万人次。6 篇作品均被 20 余家网络媒体转载。

中国旅游集团副总经理傅卓洋寄语："文坛添新秀，人间盼好诗"。

中国国际广播电台主播李媛点评："写实写景笔法精练，佳句连连；抒情达意温暖正面，直指人心。"

《工人日报》编辑兰德华、王瑜先后点评："下笔有神，佳作连连"，"笔耕不辍，勤勉有才。"

中国作家库总编评论："此文（《画意桂西南 边陲有洞天》——笔者注）别有诗意。"

中华作家网主编萧晴晴勉励："文学是相通的。您以卓越的散文才能触及诗歌，自然就水到渠成表现不俗。"

中国散文学会会员罗爱田评审："赖维斌，某市工信局正处级干部，毕业于厦大中文系，语言文字功底已相当扎实，但他仍孜孜以求，写作非常用心，精雕细琢，反复修改，无瑕疵才拿出去发表。维斌文笔大气，语言凝练，词汇丰富，落笔生花，动辄飞珠溅玉，又如花纷绽，缤纷不一，瑰丽多姿！描写准确、逼真、生动，使人如临其境，流连忘返。另一特点是用语活泼，节奏感强，读来顺口，易于记取。因而维斌每文必给读者带来独特的、别人所无的游记优美风景、风情画。"

红星电子音像出版社陈梅生（编审）致辞："文字凝练，底蕴深厚。如能保持这种创作热情，是对传承原创文化、丰富散文作品作出贡献。"

《岁月与旅行》编辑詹瑶点评："文笔很好，用词用句都很有讲究。文字的力量不可小觑。"深圳国旅新景界解读："以物拟人，将景话事，生动的景象收于眼底，再以丹青笔墨记载成文，这是赖维斌先生多年来一直墨守成规的习惯爱好。""他以他的视角以及优美的文笔去发现中国之美，他笔下生风，跃动成文的记载使他获奖无数。"

经典文学网文学总监刘清揭示："让我们循着惊涛拍岸、掷地有声的文字，走进福建作家赖维斌的《中流击水，却惊众浪迭起——散文写作体会》，作者对游记写作的经验做了全面的总结和分享，并对如何挖掘文章的深度和提升其高度提出了建设性的意见，读后受益匪浅。这篇文章为广大文学爱好者的创作指明了方向，具有很强的指导意义和收藏价值，堪称散文写作的教科书。"

深圳市统计局局长殷勇感言："才气咄咄逼人！著述丰硕，荣誉等身！可以考虑适当范围内搞个维斌作品展！当代徐霞客之神韵，跃然纸上。几可与林语堂大师媲美！""虽然没去过龙岩，拜读维斌大作《南山涧水奔向东海》，恍然身临其境。神来之作！"

《深圳商报》首任总编辑高兴烈首肯："已是深圳知名的多产作家。"

深圳市文联副秘书长江冠宇回复："仔细拜读了您的散文，题材丰富文笔优美，是一种精神与生活的享受，有体会才有感悟，您的作品都来自您的经历与经验。您是一个有激情有诗意对生活挚爱的人，您勤奋创作的精神值得我学习和敬佩。"

深圳改革开放干部学院教育长宫正点评："《翡翠岛国之东岸拾珍》一文，用语之凝练、精确、丰富，意境之和谐、明媚、多彩，节奏有急有徐，确为当代之上乘文字、上乘散文！当今需要这种有诚意有真挚精神注入其中的文章。《云雾三清的秋天音画》全文是有机的生命体，是完整的进行曲。写松写瀑是精确的写意，情感克制而含蓄，冰帘与雪晶二词神来之笔，作者若无纯真高雅之性情，绝无如此超凡脱俗之词。写枫则画风突变，浪漫抒情直至凯歌高唱，和登山走上峰巅之时的惊喜与赞叹浑然一体。读此文字，是阅读，更像走进音乐和美术的殿堂。同时，作者作为官员，也充分坚持了文以载道的文艺观。《迪庆丽江山水含芳》文中，酒的清醇，光的明晰，树的繁盛，花的鲜艳，跃然纸上，一段一主题，但段落之间衔接自然，行云流水；段落之内夹叙夹议，饱满充实。写景散文难度极大，作者举重若轻，小品文展现大师范儿！"

驰阅万里芳华 作者二赴悉尼　摄影 陶静

深圳职业技术学院青年教师汪薇评析："文字朗朗上口，读来身临其境，一幅幅精美的画面在脑海浮现。知识跨度之大、文化内涵之丰，远远超越了一篇游记的范围：古今文化切换自如，雅俗文化相映生辉，历史地理有机融合。是游客，也是文人；有历史深度，也有艺术宽度；有诗情画意的艺术情怀，也有忧国忧民的现实感情……细细品味，此篇(《瑰丽如仙境　奇异出世外》——笔者注）不是一个'妙'字、一个'赞'字可以囊括所有的评价。拜读您的作品，感受到的是中国文字的内涵美。一定要出一本游记类的书，给研究游记文学的学者提供研究素材。您的他乡视角很丰富，融入了您深厚的文史哲功底，您的城市治理政治高度，还有其他艺术欣赏感受。所以，您的'他乡'不仅是视觉的、感性的他乡，而且是一个立体的、多面的他乡，一个更生动、更真实、更准确的他乡。很期待您的异域游记。我很想知道在您眼中的某个国外城市是什么样的。看了很多西方人写东方的游记，很想读读新时期东方人的西方游记。"

读者"梦回飘雪天"抒写："意境优美又蕴含哲理，期待后续华章，让我们既能畅游书海，又能驰骋万里阅尽芳华。"